刘克襄 著

永远的信天翁

人民文学出版社
PEOPLE'S LITERATURE PUBLISHING HOUSE

著作权合同登记号　图字 01-2018-2176

图书在版编目(CIP)数据

永远的信天翁/刘克襄著. —北京：人民文学出版社，2020
（刘克襄动物故事）
ISBN 978-7-02-014365-8

Ⅰ.①永…　Ⅱ.①刘…　Ⅲ.①长篇小说-中国-当代
Ⅳ.①I247.5

中国版本图书馆 CIP 数据核字(2018)第 126334 号

责任编辑　甘　慧　杜玉花　杨　芹
装帧设计　汪佳诗

出版发行　**人民文学出版社**
社　　址　**北京市朝内大街 166 号**
邮政编码　**100705**
网　　址　**http://www.rw-cn.com**

印　　制　**杭州钱江彩色印务有限公司**
经　　销　**全国新华书店等**

字　　数　**169 千字**
开　　本　**890 毫米×1240 毫米　1/32**
印　　张　**7.125**
插　　页　**8**
版　　次　**2020 年 9 月北京第 1 版**
印　　次　**2020 年 9 月第 1 次印刷**

书　　号　**978-7-02-014365-8**
定　　价　**35.00 元**

如有印装质量问题，请与本社图书销售中心调换。电话：010 - 65233595

不论多远，不论年龄，

认清粉红色的嘴喙就对了。

羡慕吗？成年前短尾信天翁换装频频，愈年轻愈暗褐，愈成熟愈洁白。

要落地了，双脚下垂，减低速度。

许久没有碰触陆地的双脚待会儿不晓得站不站得稳？

亲咬、展翅、仰颈、鸣唱，
短尾信天翁慎重地表示"我要和你在一起"。

从寒冬到暖春，

海洋陆地几千公里来回奔波，

沉重的喂育工作让一胎化成为必然。

摊开翅膀，自己摸索起飞，

飞向海洋，一只雏鸟也不能留下。

信天翁的翱翔是华丽飞行的最高境界，

诗的最精致情境。

雪白、黝黑、金黄、粉红、淡青，
短尾信天翁成鸟诠释了大自然的美学。

（以上图片皆由日本东邦大学长谷川教授提供）

动物小说是一座森林

在我们居住的星球上，一座拥有许多高山的岛屿，位于海洋和大陆的交界，又坐落在温度适宜的纬度，这样允当的自然环境，其实并不多。

我很有福气，正好在这样的一座岛屿上出生，并且平安地长大。更幸运的是，从青少年起，在双亲呵护、生活无虞下，拥有足够的时间和机会，在岛上长期观察自然，认识各地山水，逐一见证它广泛而多样的地理风貌。

经历多趟丰收的生态旅行，我才逐渐打开视野，接触到许多动物。同时，透过当代生态保育观念、自然科学新知，以及各地狩猎风俗文化的洗礼，更深入地见识了各种动物精彩而奇特的习性。

如此丰饶的生态环境，以及多样的动物内涵，作为书写题材的基础，无疑也是上苍赐予一位创作者最大的资产。我自当努力，尝试通过不同的叙述风格和书写技巧，展现各种动物的生命意义。并且自我期许，希望更多台湾地区动物的生命传奇，经由自己笔下的故事，展现这块土地动人的自然风貌。

提到以动物为主题的小说，相信许多读者不免直接联想到儿童文学。许多创作者，在思考这类题材的创作角度和内容时，恐怕也会假定，以儿童或青少年为阅读的对象。

久而久之，因为文学潮流的趋势、影像媒体的兴盛，或者以晚近创作呈现的质量评估，这类以动物为主题的文学创作，难免被放置在一般儿童文学之列。目前文学学术词典、百科全书在定义时，更视为儿童文学的领域。

这种理解的趋势，似乎存在着某一种认知，把动物形象和动物小说所承载的广泛可能，局限在儿童的喜爱与领悟层面。文学风潮如是发展，个人觉得未免可惜。

过去，在叙及动物小说时，我每每想起吉卜林《丛林故事》（1894）、杰克·伦敦《野性的呼唤》（1903）和奥威尔《动物农庄》（1945）等不同阶段经典动物小说的内涵，乃至晚近理查德·巴赫《海鸥乔纳森》（1970）、贝尔纳·韦尔贝"蚂蚁"三部曲（1991～1996）之类现代动物小说的标杆，各自有其深沉的寓意，揭橥动物故事的多样繁复。

世界各地皆有如此精彩的动物小说典范，反映作者家园的生活意识和土地情感，那么台湾地区的动物小说呢？

我在书写动物故事时，其实很少定位于孩童阅读的想象，而是期待更多拥有纯稚心灵的成人，一起享受动物世界的奥妙。进而珍爱和尊重这个地球上，不同于人类文化，或者更为重要的自然文化。

在文学命定的议题里，人类和动物之间的关系，绝不只是反映动物与动物、动物与人类之间的感情交流，或者只是把这种交流赋予丰富的人性解释。我总是想办法扩充视野，尝试着使用更新形式的叙述，摸索更多尚未被人类所理解的领域，以及寻找更大的价值。

现代的动物故事，何妨越过儿童世界的层次，进入一个混沌的起跑线，重新设定更多可能的原点？它一方面是对大自然的礼赞、哀歌，或关怀动物生存的论述，一方面更可能是人格成长的小说、心灵冒险的故事，兼而反省人类文化的发展。

进而言之，动物小说作为一个自然写作的界面，既非孩童似的愚呆，也不必屡屡背负人类破坏自然的原罪。面对地球日渐暖化、雨林遭到滥垦、水资源缺乏等危机，一个写作者，除了站在第一线抗争，更大的责任是栽植梦想和希望。

尽管这个课题需要长时间的酝酿、培养，但每回我写出一部动物故事时，那无可言喻的喜悦和满足，仿佛成功地守护了一座森林的欣然成长。我快乐地想象着，每一位读过这些动物故事的孩童或大人，在心里也悄悄地滋生出了一座森林。

将来，这座森林会逐渐蓊郁，逐渐延伸出去，最后和地球上的每座森林、每座海洋，亲密地结合。

目 录

短尾信天翁

成鸟：

背、腹皆白色。

翼上尖端黑，内侧白。

翼下白，翼缘黑。

头颈金黄色。

幼鸟第一阶段：

全身呈暗褐色。

幼鸟第二阶段：

翼上内侧有对明显白斑，

腹部淡褐。喙基、下巴变白。

学名：Phoebastria albatrus

俗名：Short-tailed Albatross，Steller's Albatross

北太平洋体形最大的海鸟。飞行时，比其他信天翁更接近海岸。

幼鸟至成鸟阶段，羽色变化大，随着年龄增长白色部分渐增，头颈变成黄色。

过了雏鸟时期，便具备巨大的粉红色嘴喙，喙尖抹着淡青色，容易与他种区别。

幼鸟 亚成鸟 成鸟

亚成鸟第一阶段：

翼上各有两对白斑。腹部展现白底横斑的色泽。

前额变白，头顶至颈背仍暗褐。

亚成鸟第二阶段：

背部白色增多，呈白底横斑，

翼上横斑范围扩增。头顶黄，颈背暗褐。

在鸟类的世界里，试想看看，其中有一种，

像 NBA 的姚明一样高大，又拥有乔丹的飞行身手，那会是什么样的鸟呢？

我所知道的大洋漂泊者信天翁，便是这种大鸟，目前所知飞行世界里，

它是羽翼最长、体形最庞然、飞行距离最遥远的鸟类。

当那长达两米多的羽翼张开，迎向天空，

每次出发，都是数百公里，

不再收翅的旅行。

在飞行中，巨大的它们，如一根羽毛般轻盈。

挺着狭长的双翼，自如地在气流中逆风飘举，顺风滑翔。

最令人不可思议的画面，更在于，当它庞然而高雅地滑过深蓝的静寂海洋，

或者肃穆地穿梭于暴风雨的波涛之上时，那一动人的飞行场景。

我们以为只有在星际大战中才可能出现的、超写实电影场景，

在现实的世界里，居然看到了。无疑，这是全世界最迷人的飞行。

千百年来，它们吸引着各个海域的水手和冒险家，也迷惑了当代的赏鸟人，

幻想着有这样的身手，也好奇着，它们将滑向何方。

第一章

前往鸟岛

十五岁时，偶然一回跟同学参加南部的观鹰活动以后，我就迷上赏鸟了。回到台北之后，举凡节假日，只要有兴趣的赏鸟行程，我都积极地参与，随着资深的鸟友到处旅行。短短高中三年，北台湾知名的赏鸟景点，我几乎踏遍了。

　　高中毕业时，我已认识近三百种鸟类。以往，赏鸟人习惯用五十种鸟类代表一颗星。像我这样的资历，在鸟友看来已是接近六颗星的高手了。

　　那年暑假，我经常到鸟会闲逛，顺道帮忙打杂。没多久，我开始尝试解说，一如其他资深鸟友，偶尔也义务带人到野外赏鸟。秋天候鸟陆续到来时，我还参与了关渡沼泽区的系放活动，跟几位鸟友在沼泽区的大货柜里，度过好几个漫漫长夜。

这只大货柜是鸟会在沼泽区的系放中心。调查工作颇为烦琐，黄昏涨潮之前，得赶紧到沼泽里布下鸟网，然后回到货柜小憩。入夜后，再去沼泽巡视，小心地解下触网的候鸟，仔细测量检视，记录种类形质，等等，再套上脚环，原地释放。

这项工作枯燥而辛苦，经常一整晚都得待在沼泽里，忍受蚊虫叮咬。很多人虽然喜爱赏鸟，但要蜗居在这样的环境，没几人受得了。不少人好奇尝试，岂知不及三四回，一个个皆借口开溜。

我自己是学传播的，自然学科非本行，却乐此不疲。整个大学和研究所时期，一有空，便参与系放的工作。到底系放过多少只候鸟，自己都数不清了。

不可思议的是，我曾经三次捕获套有脚环、再度回到关渡的候鸟。其中一只矶鹬，居然还是我亲自套上的。更没想到，这种艰苦的系放工作，日后竟带我走向一个奇异的遭遇。

※

我是在大脚出生那一年的十月中旬，抵达鸟岛的。那时正好是短尾信天翁成鸟回来配对、筑巢的季节。

鸟岛在哪里呢？打开世界地图搜寻，才知道这座隶属于日本国境的小岛，在东京南方，位于北纬三十度，孤悬于太平洋上。从中国台湾的位置核算，约在东北边，两千公里之遥。

它是当今世界著名的短尾信天翁保育之地，管制相当严格。我能够前往那里，实在非常幸运。太平洋战争后，一九五〇年代起，每段时间日本都有研究者前往小岛，进行短尾信天翁、植物资源和火山地形等的研究。那年，我和一批日本的研究人员一起前往鸟岛，大抵从秋末起，约莫半年的时间都待在岛上，观察短尾信天翁的繁殖行为，帮雏鸟上标，直到它们飞离。

往例，这项计划仅提供一名外籍研究者的名额，条件要求必须住在环太平洋的邻近岛屿。同时还注明，最好是素有钻研的鸟类学者，拥有长年的野外经验。

最初，看到申请资格时，其实有些气馁。毕竟，我并非学者，只是任职于鸟会、主持一个专案计划的年轻人。但我还是鼓起勇气，填妥所有表格，偷偷地毛遂自荐了。当时，除了填进自己的系放经验外，还把毕业后在台湾各地的沼泽、离岛的调查经验悉数写了上去，展现自己上山下海吃苦耐劳的能力。

这样姑且一试，其实全不抱希望，没想到一个多月后，竟然接到了录取通知。

接获邀请后，我自是兴奋无比，出发前几个月，就开始大量研读信天翁的生态习性及自然志等相关资料。同时也搜集了不少鸟岛的地理环境资讯。我不想平白枉费了难得的调查机会，更不希望去那儿时，一问三不知，自己丢脸也算了，若被人看轻台湾地区的赏鸟研究，岂不尴尬。

鸟岛是座活火山，面积不大，直径将近三公里。从南边的海上远望，东西两侧几乎都是陡峭的岩壁。但其中两道险峭的岩壁间，有一片显著开阔的斜坡大草原，迎着徐徐南风，短尾信天翁繁殖的位置就在那儿。

十九世纪末，鸟岛来了一批专门捕捉信天翁的日本猎人。他们以屠杀信天翁、拔取鸟羽为业。后来，岛上的火山爆发，淹没了当时搭盖的捕鸟小村，岛上一百多名居民全数罹难。时值八月，短尾信天翁还在海洋漂泊，尚未登陆繁殖，因而幸运逃过一劫。只是，火山爆发后，栖地环境面目全非，那年的繁殖活动势必大受影响。

火山平息后，为了谋取羽毛的商业利益，其他的捕鸟者接踵而至，一如他们在北太平洋各地离岛的行径，继

第一章　前往鸟岛　　5

续捕杀信天翁。据说当时全世界的短尾信天翁数量约有五百万只，但经过如此大肆屠杀，没过多久，各地的短尾信天翁便陆续锐减，甚至消失了。

一九四〇年代，当鸟类学家怀疑短尾信天翁也跟恐鸟一样，自地球上全然灭绝时，天晓得，奇迹却发生了。一位鸟类专家发现，好几年短尾信天翁记录挂零的鸟岛，意外地还有少数几只硕果仅存。

之后，日本政府宣布短尾信天翁为特别天然纪念物，保护行动于焉展开。如今短尾信天翁年年安然地回来繁殖，族群也稳定地增加，终于有了上千只的数量。但是，专家们依旧忧心忡忡，假如有一天鸟岛的火山再度爆发，这处短尾信天翁最后的家园可能不保。万一又正好是繁殖季，罹难的族群恐难计数。

在搜集资料时，我也才发现，台湾地区居然有信天翁栖息繁殖的记录。

最早的一份，大概在十九世纪末年。西方鸟类学家拉图许，搭船接近澎湖的渔翁岛时，看到数百只短尾信天翁，接近船尾来索食。早年当地居民则口耳相传，称澎湖某一偏远小岛，还有信天翁繁殖。只是难以查证，到底哪一座海岛曾经有这样的记录。

第二笔繁殖记录出现在二十世纪初。那是一九〇〇年，日本历史学者伊能嘉矩前往彭佳屿调查生物相。

旅行后隔年，他在一篇报导里提到，那儿是一处短尾信天翁的传统栖息地。每年十一月左右，它们自远洋翩翩飞临，在岛上的草原各自选择领域，造土堆产卵，繁殖下一代。雏鸟孵化后则数十乃至百余，成群集合，直到隔年五月左右，再离开。

之后，在这位历史学者的提议下，日本商人果真相中此地，每年都派人来此，屠杀短尾信天翁，拔取鸟羽。一如世界各地的小岛，这个短尾信天翁最西陲的繁殖地，便快速地沦陷了。

其实，早在清朝咸丰年间，就有渔民在这座岛落户，定居淡水的著名传教士马偕医师，还曾来此传教。那时居民约莫三四十户，仰赖打鱼维生。我猜测，天气恶劣、无法出海时，这些渔民或可能捕食信天翁，以鸟肉过活。因为捕食数量有限，短尾信天翁仍维持着一定的数量，和人类共存。这些居民一直到中法战争时，才被迫搬迁回台湾岛内。

另外，我还意外地发掘了一篇珍贵的文章。

那是一位气象专业人员的回忆录。太平洋战役末期，这位气象观测员曾在彭佳屿的气象站工作，对彭佳屿的短尾信天翁有一段细腻的报导。

话说彭佳屿灯塔，这座白色的圆柱形砖造塔，屋顶为半球黑色。一九〇六年，灯塔才开始建造，当时塔高二十一米多。

彭佳屿灯塔建立后，每年十月上旬，依旧有上千只短尾信天翁，飞到岛上东边最高点的七星山一带，筑巢于草地上。大约下旬开始产卵。隔年四月下旬，成鸟、亚成鸟陆续飞离，开始漫长的候鸟旅行。到了五月中旬，新生代的幼鸟才完全飞离。

气象观测员的报导清楚告知了短尾信天翁栖息的地点，至少有二十年的时间，短尾信天翁都还固定回来繁殖。

彭佳屿旁边还有两座小岛，分别为棉花屿和花瓶屿。棉花屿四周海岸线虽几为断崖，但内陆颇为平坦，目前只栖息着野放的山羊群。过去虽有白腹鲣鸟、玄燕鸥等众多海鸟栖息，却无信天翁的记录。另一座小岛海崖险峻，如同花瓶形状，无宽阔的草原环境，更不适合短尾信天翁栖息。

这次前往鸟岛，我不仅带着一睹信天翁飞行传奇的期待，同时也满怀着强烈的历史感伤。

※

　　如今鸟岛并无人长久居住，偶有鸟类研究人员，或者其他自然科学研究者、气象人员固定前往。我们这一行，总共五人，除了我和田中外，还有三位他的研究助理。

　　田中是全世界少数研究短尾信天翁的专家，几乎每年秋末，都会到鸟岛调查。出发前，透过 E-mail 的频繁通信，我对这位前辈的成长经验和学术专长，才有更深的了解。尽管国籍不同，年岁也有差异，但由于从少年时代都喜爱赏鸟，进而投入鸟类研究，让我们拥有相似的信念，因而还未见面，似乎就很熟稔了。

　　过去，我和世界各地研究动物的同好结识，大抵也都缘自喜爱赏鸟，进而长期往来，成为莫逆之交。赏鸟活动的国际交流，最值得称许的特色，或许是少有人类种族的国界意识。赏鸟人关怀的鸟类生态环境，很少因文化背景的不同，或者年岁的差异，而产生族群的隔阂。

　　在通信中，田中也很好奇地询问我一些私事，比如何时开始赏鸟、为何喜爱鸟类、为何不进入学术圈钻研鸟类等。他不讳言，很想从我身上了解，一名台湾年轻人对自然生态的看法以及处境。后来我猜想，之所以被录取，可能因为自己是一张白纸，反而容易训练的关系。

十月初，我独自从台北出发，先飞往东京，和田中等人会合。大伙儿再搭飞机，抵达东京南方海面，北纬三十三度的八丈岛小住。

八丈岛是伊豆七岛最南方的小岛。现在台湾地区流行以明日叶养生，这种植物最早即采集自这座小岛的深山，日后在各地栽培成功。八丈岛别称长寿岛，据说就跟食用明日叶有关。

岛上约有一万人居住，此地离鸟岛最近，有渔船固定前往鸟岛。但所谓的最近，其实也有三百公里之遥。等候船只出发的前夕，众人大费周章地采购长住所需的粮食杂货，并且洽商一些日后接送的事宜。

等了三天，确定是好天气后，才启航出发。我们搭乘一艘动力机械渔船，跟常见的海钓船差不多大小。它不仅运送我们，日后也会不时地运补新鲜蔬果和日常用品等至鸟岛。

秋末时节，比较让人担心的是，海上的风浪已经转大。尽管出发那天，渔民说是很不错的晴朗天气，但一出海，没想到我还是在平稳的风浪里就严重地晕船。后来，几乎都躺在船舱里，连一块饼干都不敢嚼食。

在船上，我想起几年前，从瑞芳的深澳渔港，搭乘渔船前往北方三岛外海调查鸟类的往事。那一回，因连日熬夜撰写论文造成身体不适，严重地晕船。这回身体好好的，没想到，还是无法适应海上的摇晃。

摇摇晃晃航行了一夜，清晨时，渔船终于接近鸟岛。预定靠岸的位置在鸟岛西北方一处小岬湾，叫初寝崎。船长说整座岛有两处登陆点。另一处在不远的南边，天气恶劣时，或可尝试那儿。我猜想，今天船只泊靠北岸，合该是好天气吧！

快抵达了，总不能继续赖在床上，我勉强起身，硬撑着走到船舷观看。谁知，我选错了时间。接近岸边时，狭窄异常的海岬，让风浪相对的急促。每道接近岸边的浪潮，都巨大地高高耸起，再重重地坠落，猛烈地发出哗然之声，进而深沉地碎裂。

船长将渔船驶进去时，特别缓慢而小心。田中走过来告诉我，若是有一个微小的闪失，比如打滑，或者方向偏个一两度，整艘船可能会控制不住，被浪潮卷行，直直撞上岩壁。届时，船只会严重破裂，甚而粉身碎骨。任何人落海都将跟浮木一样，随着浪潮，在岩石间被来回冲打，撞得尸骨无存。

他形容得稀松平常，却不知我因为这样的叙述，神经愈见紧绷，接近岸边时，手握着船舷更紧。渔船果然愈把持不住，只见波浪时而高过船头，时而在船下，轻易地将我们拖高、拉下，随时可置我们于死地。

紧张过度的我，终于压抑不住晕船的苦痛，冲到桶子旁边，吐得死去活来。吐完后，兀自紧抓着缆绳。稍后，胃部脱序地呕出黄色胆汁。一吐完，身体顿时虚脱无力，也顾不得面子，就蹲伏在桶子边，仿佛跪在那儿感谢它的帮忙。

田中在旁边很紧张地大喊："照雄，如果你不行，可以躺回床上。"

我摇摇头，谢绝了他的好意，想到即将目睹过去从未谋面的短尾信天翁，其他人也都强忍着风浪，我岂能示弱。我强颜欢笑，对他们摇手，硬是撑着头痛欲裂的身子，继续挨坐在船舷，不愿意让日本友人担心。

好不容易一进一退地，慢慢地靠拢，渔船在颠簸的起伏中，挨近了码头。但上岸依旧惊险，一名经验丰富的船员先趁势跳上岸，然后，站在码头上接驳。

每次都得等一道海浪过来，将船涌起，让船舷和码头等高时，利用那不到半秒钟的时间，迅快地将一个人拉上码头。光是把我们五人一个个接上岸，就花了好一段时间。等人员都安全了，再把行李逐一丢上岸，又弄得人仰马翻。

一上了岸，晕船的问题不再，面色惨白的我，尽管瘫在地面，终于能勉强说笑了。

田中一登岛，便四处观察环境，他特别走到我面前探问："你还好吗？"

我猛力点头，强打精神，坚持身子无恙，不希望团队因为我而耽误了工作。当大伙开始整理行李和货物时，我马上起身，加入了搬运的行列。大家快速地把行李、器具和好几个月的米粮堆叠到更内陆的位置，避开浪潮。我们整理时，渔船缓慢地倒退，航回八丈岛。

简单清点后，田中看看大家一切无恙，确定就绪，随即宣布继续出发。

除了小小的水泥码头贴着岩礁海岸，抬头一看，眼前赫然是高耸的峭壁，几无立足的空间。我不禁好奇道："我们住宿的营地在哪呢？"

田中苦笑地指着岩壁最上方的位置："爬过这道峭壁后，就是营地了。"

我抬头仰视，那峭壁至少有一百多米。其实，这个高度是可以忍受的，但还要背负行李、仪器和粮食等一堆货物，再加上刚刚才吐过，体力处于最虚弱时，这道峭壁遂变成可怕的高难度障碍了。但我还是坚持要背负东西，过去经常在台湾山林纵走，这区区小岛的崖壁岂会放在眼里？

谁知，这崖壁远比我想象的险峭许多。上去的狭小山路并无石阶，完全是容易崩落的泥土、岩块，脚步着力不仅辛苦，很多位置还得依赖绳索辅助，才不致滑落。有时还得相互帮忙，方能拉抬上去。所幸，只有那么一道陡峭的山壁而已，若是再有山壁，我恐怕也会虚脱。

光是这道海岸的山崖，我们又费了近一个小时的辛苦搬运，才上抵一处平坦的空地。那儿果然有一排房舍。过去，曾有气象和地震人员在此长期监测居住，现在都人去楼空了。田中率先走往那儿，高兴地喊道："回家了。"

我们尾随着他，拎着行李走进其中一间。开门时，原本梦想着，可能有个明亮的房间，窗口面对着蔚蓝的海洋。哪想到，房子空荡荡的，阴暗的角落里只有简陋的床铺和桌椅。房门开启时，因为乏人居住，一股阴湿的霉味浓厚地传出，久久不散。看来还得费一番工夫清理，才能长住。

  永远的信天翁

在广漠的太平洋上，

若能邂逅一只短尾信天翁成鸟，

那种感动绝不只是美丽的稳重滑翔，

而是至少一个年代，

一种生命个体历经沧桑的成熟。

我们放妥行李，稍事整顿后，田中便迫不及待地想去看短尾信天翁了。我虽然有些疲累，但看到大家兴致高昂，也打起精神拎起背包。这样的勤快，大概也是鸟类调查者持之以恒的特性吧！

出发前，田中嘱咐大家，多带手套，还得备妥绳索，俨然去攀岩。难道又是陡峭的山路？我有些不安，迂回地问道："这儿离信天翁栖息的位置多远？"

他耸耸肩回答："只有一公里多。"

一公里多！我暗自猜想，顶多三四十分钟的路程，应该没什么好担心的。

起初都是在草原的环境，循着干沟的山径，逐渐缓步上坡。走了好一阵，眼看都是单调的草坡，我正暗自窃喜，突然，小径翻上了棱线，右前方赫然出现一座险山。

这是哪里呢？我翻开身上携带的地图，同时取出 GPS 核对。田中一行看我先前在船上还吐得死去活来，如今竟掏出详细的地图认真比对，都甚表惊讶，纷纷竖起拇指。

我连忙谦虚地解释："以前在台湾的山区都是这样工作的。"

其实，听到赞赏，我自是高兴，体力愈加有劲。也很期待，他们能从我身上看到，台湾地区的鸟类研究者的认

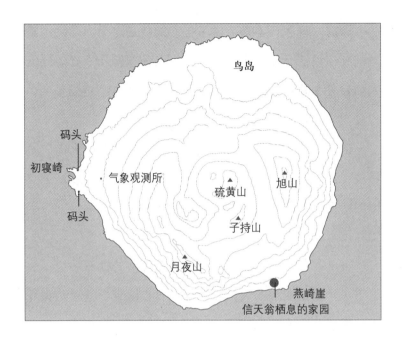

鸟岛

码头
初寝崎
气象观测所
硫黄山
旭山
子持山
月夜山
燕崎崖
信天翁栖息的家园
码头

真态度。

　　这山叫月夜山，海拔三百七十多米。月夜山左侧不远，坐落着另一座雄伟而荒凉的山头，此乃鸟岛最高的硫黄山。当年火山喷发的位置，如今依旧不断地冒出浓烟。

　　我们伫立时，海风时而吹拂过来，夹带着浓厚而难闻的硫黄味，让我想起了阳明山的小油坑。硫黄的味道仿佛不断提醒着，它随时可能再次喷爆，熔岩和熔浆将流泻而出，淹没现有的一切。

以前，许多日本鸟类学者担心的便是这个问题，不断地呼吁，设法开拓一个新的短尾信天翁家园。幸好短尾信天翁自寻生路，如今南小岛也有近百只栖息，避免了全军覆没的风险。

横陈眼前的不再是青绿的草原，而是荒芜的火山尘屑环境。从这儿远眺，不禁让人猜想，月球的表面或许是类似的情境吧。陡峭的山路崎岖难行，没个三五步，就得手脚并用。

下至谷地，山势渐缓。我们走在缓坡的碎石小径，放眼望去，仍是灰褐的火山尘屑，偶尔点缀着一些草丛和灌木，景致荒凉如漠。

未几，再辛苦地往上，气喘吁吁地翻抵一处棱线。在山里走惯了，这点坡度自不放在眼里。结果，我竟率先登上高处。

放眼看去，山势更陡，几无伫立之地。只能将身子斜靠着火山尘屑的坡面，远眺着蓝天和广阔的太平洋。这时才感觉，整座鸟岛根本就是一座山，一座活着的、不稳定的山。自己和山，在海上，一起悬空着。我们仿佛位于另一颗星球上。

从出发开始，田中的解说就未曾中断，一有歇息，他就会讲话。仿佛巴不得大家一上岸，就快速地进入状态。休息时，他依旧兴致昂扬，滔滔不绝地介绍鸟岛的生态环境。

我一边聆听，一边却对这种奇妙的孤独有着强烈的惊悚。我不只身处于一座偏远、几无人踪的荒凉小岛，被全世界最广阔的海洋包围，还在辛苦地攀爬，不知终点于何处。那种情境一如一只小蚂蚁，爬上了餐桌上一个碗的顶端，无法感知世界之大。

突然间，我想起为何大洋中的许多小离岛，很少有所谓的留鸟栖息，多半是候鸟过境，莫非鸟类心理上也有这种局促不安，总会想办法飞离吧！

"你看！老朋友来了。"突然间，田中指着海上的天空。我们顺着方向望去，还在困惑哪儿有鸟，但田中好眼力，继续朝海上的方向指指点点。我们又望了三四秒，果然看见一只信天翁滑行于海面上。那特别狭长如滑翔机的羽翼，一如图鉴上所展示的坚挺而优雅。可那翅膀是如此狭长，霎时间，难免有种不真实的印象。

"这只大概是正要回岛上的，"田中继续用望远镜紧盯着，一边兴奋地喃喃自语道，"啊，翅膀暗黑，脸有点白，大概是第二三年的幼鸟吧？不知它们飞回来几只了？"

"太棒了，这是我第一次在野外看到短尾信天翁飞行，太神奇了。"我在旁一边附和着，一边惊讶他的眼力，对信天翁的外形如此熟稔，而且知道它们的年纪。

　　"看到没有？嘴巴粉红色的！这是它们的特征！"田中兴奋地喊道。

　　我不禁好奇询问："听说有些黑脚信天翁老了也有这种特征？"

　　田中笑道："你很内行嘛，显然做了功课哟！不过，短尾的嘴比例较大。这个要经验，经验够了，就容易辨识。"经田中这么一答复，我终于见识他的赏鸟功力，果然不负"信天翁先生"之美名。

　　这时，那只信天翁已经飞离，我伸长脖子四处张望。

　　"你马上就会有看不完的信天翁，看不完的神奇呢！"田中似乎为了鼓舞我，继续在旁加油添醋。

　　休息一阵后，我们继续往上攀爬，最后还得使用辅助绳，再费了一番手脚，方能蹭蹬上一处棱线的高点。抵达这儿，约莫走了将近一公里的山路。

　　翻过了这山的棱线，短尾信天翁栖息的大斜坡终于在望。地球上，短尾信天翁最后最大的家园，一块青绿的草原，位于倾斜约六七十度的山坡，被灰褐色的火山沙土所

永远的信天翁

环绕。这块草丛疏淡分布的栖息地，约莫一个足球场大，短尾信天翁都停栖在草原上。

除了西边的月夜山，这块陡峭的斜坡，还被两座高度相似的山环伺着，面向海洋。地图上称呼这儿为燕崎崖。草原上，信天翁分成两个群聚，紧邻着，各自约有一百多只羽色洁白的成鸟，正静寂地坐在浅坑的巢中，形成壮丽的自然奇景。有的成对，也有单只的。它们是北太平洋体形最大、白色的短尾信天翁。

当然，在这些成鸟间，还夹杂着不少尚未交配的幼鸟和亚成鸟。它们多半在外漂泊两三年以上的时间，尽管多数还未达到繁殖交配的年纪，但还是飞回家园。它们的羽色以暗褐为主，体形和成鸟类似。夹杂在成鸟间，仿佛是另一品种的信天翁。只有像田中这样娴熟的专家，才能一下子就从不同的暗褐色里，判断出不同阶段的幼鸟和亚成鸟。

"数量看来还不少啊！"我惊叹道。

田中摇摇头："这里只是其中一半而已，应该还有一二百只，正在回家的路途上。"

"还有多少没回来？"我读过一些研究报告，约略知道，有些幼鸟至少在外漂泊三四年才首次回家。

田中补充道："至少还有三四百只幼鸟和亚成鸟，甚至是成鸟，仍然漂泊在北太平洋觅食，不会参与今年繁殖的盛会。"

　　到底每年回来的有哪些年龄的、孵卵与否等复杂的问题，专家们也还在持续研究，尚未有一个确切的数据和答案。

　　但专家们至少调查清楚了，在正常情况下，或者说幸运一点的，短尾信天翁的寿命可长达四十岁以上。一般鸟类，很少如此长寿。而它们更是少数从出生起，就被清楚地细分每一个时期的成长。

　　它们刚出生时，仅能在陆地上活动，多半简称为雏鸟。开始练习飞行，准备离开了，便称为幼鸟，之后则是亚成鸟、成鸟。飞入大海后，短尾信天翁就进入漫长而艰辛的成长阶段。日本和欧美的一些鸟类专家为求观察得谨慎，将幼鸟和亚成鸟阶段各自再细分成两个时期。所谓的"阶段"，并非年龄之区分，而是端视它们身上羽毛改变的状态，以及成长的外貌。

　　这种分法，不要说是一般鸟类，纵使在传统归类的其他十三种信天翁身上（过去传统的分法为十四种，晚近则有十三到二十四种之争论），都很少如此细腻。然而，这繁杂的鉴别方式，多少便于理解短尾信天翁的生长过程和习性。初见时，别的姑且不说，光是远眺天空，从其飞掠的身影，就能判断到底是哪一个阶段。那种乐趣，别具挑战。好像从机身的徽章，就可判断到底是华航、长荣或远东的机型一样。

※

若按田中的描述，显然还有不少信天翁幼鸟和亚成鸟并未回来。但反过来思考，为什么还有一些愿意飞回鸟岛呢？

我不免好奇地问道："幼鸟和亚成鸟若不繁殖，回来干吗呢？"

"这些幼鸟和亚成鸟多半是回来观摩见习，或准备交男女朋友的。"田中半开玩笑，随即严肃地说，"跟人类一样，同一年出生的信天翁，还是有很大差异。早熟的会提前回来，学习繁殖行为。晚熟的，继续在外头流浪。"

"它们属于一夫一妻制。万一有一只的伴侣丧命了呢？"我继续追问。

田中暧昧地苦笑，似乎早就料到我会有这样的疑惑，大概以前也常有人问他这个问题吧。"若是伴侣不在，它们会寻求新对象。一般得花个两三年，若是找不到第二春，只好一辈子单身了。通常，成鸟交配后，只产一颗蛋。不论成败与否，隔年才会再生。总而言之，飞返鸟岛的信天翁，除了孵育下一代、谈恋爱、学习交配的，还有些可能丧偶了，重新回来寻找新的对象。"

我未再追问。但田中明显察觉我的表情充满困惑，遂继续补充："信天翁族群的社会关系，其实是有些复杂的。"

※

短尾信天翁群栖息的草原，位于垂直壁立的断崖之上，下方紧邻着海面。早年短尾信天翁在北太平洋各地的离岛栖息，选择的都是这样的场域。陡峭的大斜坡加上断崖，形成重要的天然屏障。

大斜坡的草原不仅是安全的繁殖场域，也适合飞行起落。断崖所形成的特殊风流，更是信天翁飞行最好的出发位置，日后，幼鸟的第一堂飞行课，就是从这儿飞出去，迎向海洋世界，结束短暂却是一生中最长的陆地生涯。

这处全世界最大的短尾信天翁家园，
其实只是一座离岛面南的小小迎风坡，
随时可能因火山的爆发而覆灭。
广阔如北太平洋，
这里却几乎是最后一隅生存的角落。

紧接着，我们攀绳，小心地下抵大斜坡旁边的一处小屋。这座观察小屋类似早年台湾高山的登山小屋，采用一些简陋的金属片板搭建而成，隐秘地修筑于山壁一角。白天时，调查人员几乎都躲在那儿，从狭小的窗缝，透过单筒望远镜，远远地进行观察和记录。

　　从小屋观察，它们有些已经筑好巢了，但多数仍在求偶阶段。我们才刚抵达，很幸运地，便听到一两声短促而充满淡淡哀愁的叫声。大家转而竖耳倾听，集中注意力在那鸣叫声上。

　　俄顷，呼啸的海风中，又传来那哀愁之音。乍听时，着实很难相信那是求偶的鸣叫。再仔细聆听几次，终于有个比较具体的拿捏，勉强能以文字形容了。那是有点像两块内凹的硬木所组成的响板，不断相互撞击，发出的空洞声音，却又隐隐含着金属坚实的鸣叫。

　　田中笑嘻嘻地对大家解释："这是成鸟在说'我爱你'。"

　　我们循着鸣叫声的发端处搜寻。在一群发愣的幼鸟、亚成鸟和成鸟间，突然看见一只雄成鸟，滑稽而笨拙地摇摆着脚步，迎向一只在梳理羽毛的雌鸟。看来是发声者。它积极地拍动着双翼，向这只雌鸟求爱，经过一番友善的接近，以及轻咬她的调情动作，似乎得到了雌鸟的青睐。

最初，还以为是这对情侣再次的伴奏，但意外的状况却出现了。当雌鸟也想表示好感之际，突然间，另外一只雄鸟赶来，凶猛地驱赶先前那一只雄鸟。然后，再回头面对雌鸟。这时，雌鸟仿佛做错事，没吭什么声。只见雄鸟高挺着浑圆柔软的胸膛，却懦弱地缓缓挨近，雌鸟也接受了。

以前读到的资料报告，信天翁雄鸟在这当下，有时会模仿需要母亲照顾的幼鸟行为，快速地把粉红色嘴喙伸向旁边，像幼儿索食般，借以吸引雌鸟注意，达到求偶的目的。我猜想，那观察叙述的，大概就是这般的行径了。

"先前那一只大概是劈腿对象，现在才是真正的伴侣吧？"田中继续研判，大家都在室内哄堂大笑。

田中的观察果然准确，这时一场罗曼蒂克的仪式才于焉展开。

只见这对成鸟各自站开，面对面，鹤立鸡群地拉高颈项。雄鸟先礼貌地对雌鸟点头，雌鸟仿佛被邀舞的女士，随着雄鸟的张翅，微微摆动身躯，接受了对方的邀约。

雄鸟也弯腰，回了礼。然后，再优雅地伸出嘴喙，轻轻地梳理雌鸟的胸羽，像男人以唇，微触着女人的肩胛。当雄鸟收回嘴喙，雌鸟回报同样的委婉动作，仿若女人轻启软唇般，凑向了男人的颈项。这样细腻的爱抚动作，仿佛是恒久的爱恋。

狂爱的序曲接续展开。它们各自略为向后，巨大的嘴喙往天空伸高，颈项兴奋地颤抖着。其中一只，大概是雄鸟吧，率先鸣唱了，雌鸟随之跟进。徐徐的海风里，一声高过一声。这时的鸣声听来有些虚空，混杂着类似牛鸣之低沉，饱胀着情欲之呼喊。

它们的嘴喙也再度摩挲一起，像恋人脸颊的依偎。羽翼时而半开半合，最后全然挺开，配合着这曲缓步的求偶之舞，在南风徐徐地协奏下，谱出一首今年的信天翁恋歌。

经过如此美丽夸张的求偶仪式，交配又会如何盛大呢？我们正紧张着，没想到，交配的动作只维持三十到四十秒间就结束了。看来，信守一夫一妻制度的短尾信天翁，更在乎的，仿佛是漫长的调情前奏，以及气氛的铺陈了。

而这时，细看那成鸟满足的身影，雍容华贵间，洋溢着妩媚。头顶至颈项间的鹅黄羽色，愈加饱满，仿佛清晨的温煦阳光，全部照射在此。粉红色的巨大嘴喙仿若粉扑，嘴端更涂了最时尚的、轻淡的青蓝色口红。嘴基则以细黑线，优雅地突显出轮廓。短尾信天翁秋天时求偶仪式的庄重、华丽，全在这一张鲜明的脸上，淋漓尽致地展露。

大家望得陶醉、浑然忘我时，田中在旁赞叹地说："这是全世界鸟类最亲密的动作了。每次看到这个求偶行为，就觉得，每年来此漫长调查的辛苦都值得了。"

我默默点头，全然同意他的感受。虽然读过许多短尾信天翁的求偶行为资料，但现场观察的震撼和深刻，绝非想象可媲美的。

这时田中补充道："大家可要注意，这是初次的恋爱，好比人类的结婚典礼，以后的繁殖期，就不会那么慎重了。"

观望着这对成鸟求偶仪式的，不只我们，繁殖区里，好些成鸟和亚成鸟似乎也在细瞧。我不禁再问道："幼鸟平均几年后回来？"

田中回答："不一定，快的，有的两三年就回来了，或许，这是早熟的。"

再追问："最晚几年回来？"

"七八年。"

"那时都已经快成年了啊？"

"嗯！"

"它们真的是晚熟，才这么晚回来？"

"你以为呢？"田中露出诧异的笑容，反问我。

我被这么一问，愣在那儿，不知如何回答。

田中再次苦笑："若不是晚熟，我真的很想知道，它们为何晚回来。"

田中的回答等于没有回答。我虽不满意，却也不知如何接问。

※

为了观察每一个阶段的变化，从十月中旬抵达，直到隔年春天短尾信天翁离开鸟岛，每个阶段的工作，都会有不一样的忙碌，能够休息的空当并不多。但我从未想到，那种疲累竟是夜以继日。

每次拖着疲惫的身子回到宿舍，又得忙着整理记录。我经常累得一爬上床，倒头就睡。原本以为，在小岛多少有点零碎时间休闲，还带了两三本小说。现在，这些书都束之高阁了。

最初，我们的工作主要是记录成鸟如何求偶、交配，

以及各阶段鸟类数量的多寡。等到成鸟产卵后，转而忙碌于鸟蛋的观察记录。

信天翁蛋的大小接近一个易拉罐饮料的尺寸，体积算是相当庞大的。在过往的时光里，根据鸟类学者的调查，许多信天翁的蛋常被栖息在岛上的巨嘴鸦大肆噬食。或者孵出未久，就被外来的野猫活生生地吃掉。但后来信天翁锐减，巨嘴鸦数量连带地大量减少，同时人们也控制了野猫的数量，情况才稍见好转。

来回大斜坡的路上，田中不时提醒我们，注意是否有野猫的踪影，或者是任何老鼠的可能。他很担心，时而停泊靠岸的渔船会不小心让一些家禽或外来种动物偷溜上岸。

根据田中的经验，来自其他动物的伤害，其实已经大大减少。晚近一二十年孵育失败的过程里，反而多半是信天翁父母的养育经验不足，或栖息地不理想，造成蛋的毁损。

最常见的便是，山坡斜度过陡，部分蛋在成鸟翻动卧伏时，不小心滚出巢坑，滚到山脚而破裂，或者推不回来。假如孵育失败，不管原因为何，那年雌鸟都不会再继续下蛋。

为了减少冤枉的牺牲，晚近，专家们想出一个补救措施，特别在这块稀疏草原的边坡和空隙栽植了一些原生草种。更多草丛的出现，减缓了鸟蛋的滚动，孵育率相对地提高了许多。

从人类的观点看，信天翁的巢实在非常简陋。它主要是利用大斜坡地面上的浅坑，用枯草、灌木枝，以及松软的沙土和火山尘屑筑成。

这是一个直接面对风吹日晒雨淋的环境，堪称生活严酷。同时，因养育的过程几达半年之久，信天翁亲鸟应该算是鸟类里最辛苦的喂食者了。

但对信天翁家族而言，远离人类和陆上掠食者居住的环境，或许才是最安全的地方吧。百年前，若非人类刻意捕杀，相信现今北太平洋的离岛应该都有这种信天翁的踪影。

比较特殊的是，短尾信天翁习惯重复使用同一浅坑。每年成鸟飞回来，都在各自的老窝与另一半会合。然后，在旧巢上，再次精心整修一番。浅坑因而逐年庞大。

反之，从一个巢的大小，我们可约略判断筑巢成鸟配对的年纪。我们也注意到，成鸟的巢大半位于整个族群中间，亚成鸟、幼鸟栖息的位置，多环绕在周遭。

田中说我们的运气很好，看到最多的抱蛋。或者正确地说，这批短尾信天翁较为幸运吧。

到了元月时，也不知是天气温和，还是晚近保护措施显著奏效，这批新生代，从蛋孵化为雏鸟的概率，远比过去高出很多，竟然有七十多只诞生。

雌鸟产下蛋后，换雄鸟卧卵，好让雌鸟拥有充裕的时间出海觅食，十几天，甚至二十多天后再回来。接着，再换雌鸟卧巢。一对成鸟卧卵六十天到七十天左右，雏鸟才孵出。相较于其他鸟类，算是相当漫长的孵卵期。

雏鸟破壳而出后，其身体包裹着一层浓厚而卷曲的暗褐绒毛，远看好像是烫坏的爆炸头，蓬松如巢。或者是脏兮兮的，绒毛仿佛因湿黏而纠结成块。连嘴喙也是灰暗的颜色，不同于亚成鸟和成鸟的粉红色。总之，全身无一处和成鸟的纯白长相相似。

这样邋遢的外貌，颇叫人吃惊，仿佛成鸟抛弃了它们，不再照顾。其实，这是一种伪装。它们的色泽和火山尘屑相似，借此保护自己。

雏鸟出世，成鸟的生活转而更为紧张。通常，一只成鸟待在浅坑保护雏鸟，只要雏鸟索讨，便会随时喂食。这时一如卧卵时期，另一只成鸟外出觅食。不同的是，除了喂饱自己，还得尽力将食物暂存于胃部，日后带回喂食雏鸟。

以前的鸟类学者以为，信天翁选择繁殖的岛屿附近，可能就是重要的渔场，雏鸟才能获得丰富的食物。但这个认知，全然错误。信天翁的觅食区，远在难以想象的广漠大洋间。

成鸟飞出去觅食的时间，少则两三天，多则十来天。觅食的地点，以及飞航距离的遥远，皆非我们所能想象。为了获取更多营养丰富的食物，它的飞行有时长达一千多公里，日夜不断地翱翔。

说到觅食，不熟悉信天翁的人，可能会有许多困惑，譬如，海面深蓝如沙漠之广袤，它们如何找到食物？

其实，信天翁早已演化出非常发达的视力。对它们而言，从空中搜寻毫无困难。除了拥有优异的视觉，嗅觉也是一大利器。它们嘴喙旁的鼻腔演化得非常巧妙，仿佛安装有雷达追踪器般，让它们从遥远的地方，就能嗅到猎物的气味，准确地寻味而来。

唯一的小麻烦是，它们无法像许多小型海鸟那样，直接在飞行间觅食。一旦发现食物，只有降落海面。然后，利用双蹼划水，像家鸭般边游边用构造精良的钩状长喙，

永远的信天翁

在一夫一妻的体制里，
短尾信天翁初次的爱恋，
俨然如人类的定情结婚，
交往细密而谨慎，
仪式严肃而隆重，
仿佛生命里就只有这么一次的机会。

捞捕食物。或者快速潜入海里，捕捉鱼虾。说穿了，一降落海面，信天翁怎么看，都像一只鸭子，风采特色尽失。

信天翁尤其喜爱翱翔至船只周遭，停降于海面，捡食船上抛弃的鱼只内脏、厨余，以及漂浮的腐肉。甚至追随船尾航迹，捞食被螺旋桨翻搅带到海面上的水族动物。

喂育幼雏期间，信天翁成鸟更精于利用夜间出海。它们注意海面上任何发光的物体。许多虾子、锁管、墨鱼和乌贼等，都会在海上留下发光的轨迹。信天翁循着光影，很快便能找到猎物。

它们终年在海上梭巡，除了食物，我们难免也想到喝水的问题。海上都是盐水，它们又如何补充水分？

除了直接喝海水，信天翁从摄取的食物里头也可获得部分所需。它们的眼窝上方有一对特别的腺体，可以排出多余的盐分。

育雏其间，我们观察到许多成鸟蹲伏时，嘴喙外表，常有液珠悬挂。那便是析出的盐液，经由细管汇集于鼻腔渗出，再沿着嘴喙两旁的沟槽滑落。成鸟则以惯有的甩头动作，将盐液甩除。

这等精湛的演化，很多海鸟或海洋生物也都拥有。

※

　　经过两周左右的喂食后，雏鸟惊人地发育，快速接近成鸟的体形，甚至比成鸟更加肥胖。肥胖的状态下，雏鸟对食物的需求量大为增加。此时雏鸟身体壮硕，也稍具御敌能力了，两只亲鸟才得以放心，双双出海觅食，勤快喂养这只嗷嗷待哺、发育快速的幼雏。

　　相对地，我们的工作时间，比先前更加忙碌而漫长。这时最适合潜入巢区，就近观察雏鸟。我们必须为雏鸟进行体重磅秤、羽翼测量、脚环标记，等等，以便日后的分析与追踪。

　　那一阵，每天一早出门，背包除了必要的器材，还把午晚餐一并带在身上，避免浪费时间。天刚露鱼肚白，大伙儿已经走在草原上，翻山越岭，或者攀爬于陡峭的岩壁间。我们往往忙到黄昏，才结束工作，再拖着疲惫的身子，回到宿舍休息。

　　尽管如此操劳，我却乐在其中，一点也不觉得辛苦。其他助理也都怀抱着"一生能有此机会，感谢都来不及"的心情。有时，风雨太大，无法出门，大家竟还有些失望和焦急呢。

短尾信天翁成鸟来去鸟岛、忙着喂食雏鸟期间，我也看到了成鸟们展现出的著名的起飞。

当短尾信天翁自大斜坡起飞时，往往只要一张翅，由高处往下跑个三四步，迎着南风的吹送，就轻松地跃进天空，随着风流，滑行到海面去翱翔了。

有时感觉，自己好像国际机场的工作人员，每天忙着地勤工作，偶尔抬头，便看到一只信天翁飞离岛屿。每只都像巨型的波音747，一启程就是要航行到遥远的地方。

至于那远达一千公里的飞行，会是什么内容，虽然无法亲眼看见，但我相信，短尾信天翁凭借着高明的飞行技术，无须花费什么力气，就能展开迥异于其他鸟类的长距离飞行。

有时看着成鸟展翅高飞，我们却得在地面上忙碌，竟萌生奇妙的妒忌心情呢！不过，我还是隐约感觉，那种离去相当简洁而迅速，有一种说不出的急切和果决。这大抵是繁殖期的成鸟飞行，真的像国际机场的航班，秩序井然，充满和谐，一只只优雅地飞出。

听说雏鸟长大时，离去的场面常常一团混乱，充满滑

稽的景象，很难以优雅去描述那初次的飞行。经田中这么形容，我倒是相当期待了。

※

每回展翅，千里不辍，信天翁是如何做到的呢？我想，信天翁在翅膀上的进化，无疑是绝对的关键。

全世界信天翁这一科，传统上分为十四种，都拥有极其狭长的羽翼，翼端也几乎不弯曲。这种无翼缝的狭长之翼，最适合诠释翱翔。短尾信天翁的羽翼便长达两米多，但那还不是最长的，栖息于南太平洋的皇家信天翁和漂泊信天翁，羽翼甚至长达三米多。

由于它们的羽翼窄而长，在海面飞行时，气流快速通过后，在羽翼后方产生的涡流曳力，使阻力往往降至最低，滑行遂变得快速。相对地，薄长而坚硬的羽翼提供了足够的面积，轻易地产生了最大的举升力。

十五世纪时，天才画家达·芬奇师法鸟类，草绘了全世界第一架滑翔翼。后来的发明者，在设计没有引擎动力的滑翔机时，为何都会采用这种窄长的机翼造型？究其原因，我相信，都是抄袭自信天翁羽翼的灵感，而非猛禽的宽翅，更不是短翅的森林和乡野的鸟类。

除了这对殊异的翼形，还得归功于两个小小的巧妙器官结构。首先，是一根不起眼的小骨头。这根小骨头的进化，解决了飞行能量的困境。

许多鸟类要维持翅膀的不断拍飞，必须消耗巨大的能量来支持肌肉的快速运动。信天翁却无须如此。它的翼部关节处，包裹着翼骨的肌腱，有一枚小骨头附生着。

当翅膀充分伸展后，这根小骨头会被牵连带动，转而将翼部的关节锁定。锁钩状的机制适时地让双翼允当地卡在展开的位置。于是，翼部关节的控制肌肉，不用费力维持翅膀伸展，大量的体力消耗乃节省下来。

接着是，那巨大的嘴喙构造更为神奇。它看来粗犷、笨拙，无法和信天翁优异的飞行匹配。其实不然，除了觅食，那上喙靠鼻腔处，另有一个特化的腺体，仿若飞机的雷达，能够感知气流的微小变化，直接将这一变动的资讯，不断地传递到脑部里，让负责飞行姿态的控制中枢决定飞行的内容和路线。

必要时，这一处中枢神经还会接手，主动地掌控翼面各股相关的控制肌肉，随时微调翼面的角度，以及每根相关的飞羽，让它的翱翔随时维持最佳的效率。

信天翁能以优雅的姿势滑行天空，甚而奇妙地在翱翔间打盹，不必下降到海面或者回到陆地休息，其奥秘即在于此。

※

有起飞，势必有降落。我在鸟岛看到的降落画面，往往出现不忍卒睹的惨状。

信天翁是全世界最不会降落的鸟类。每一只信天翁的降落姿势，都像初次学习飞行伞的人类，回到地面时，总是出现难看的笨拙样子。

当它们返回、迎风降落时，那对流线造型、善于迎风的超长翅膀，这时反而变成了麻烦的障碍。

缺少翼缝，让它不适合急速的转向，或者骤然停止。它们因而无法像鹭科鸟般优雅地缓降，或者如雁鸭般，鼓翅减速，安稳地着陆。只能靠短促的尾羽，展现刹车器的功能。此时尾羽的张开闭合或抑下扬上，都变得相当关键，至少可减轻降落的撞击力道。

为何如此贬抑信天翁的降落呢？并非我夸张，它们的着陆动作，可能是全世界最艰辛的。能否降落成功，每回多少得端视几分运气。我们绝少看到那降落是优雅的，任何一只信天翁若能够像老式的双引擎螺旋桨飞机降落地面，只轻微弹跳个两三下，就属万幸了。

它们的降落是如何艰困和笨拙呢？老实说，一时间，还真不知如何形容。每次脑海里，最先只会浮现一个画面，即一辆失速的大货车，设法在热闹马路上刹车的可怕景况。

当然，这是最后的场景。在还未降落之前，就已经相当惊险刺激了。

比如，有一只叫史努比的祖父级成鸟，根据田中的记录，或许是现在鸟岛上最老的一只，可能已经四十多岁了。居然还能配对，孵出雏鸟。鸟岛至少有一二十只，是它的子孙后辈。

有一天，我抬头看见一只成鸟在外海盘旋了一阵，正在困惑时，田中早就发现它的踪影，兴奋地叫道："史努比回来了！"

我继续盯着，疑惑地问道："它好像不太敢降落的样子？"

"嗯，年纪大了，大概飞行的技术会退化，降落的能力恐怕也不足吧！"田中以自己的经验判断。

总之，它绕飞的时间，似乎比其他信天翁都长。好不

  永远的信天翁

容易，我们看到它好像找到了适合的风向，慢慢地飞降。

眼看它就要接近鸟群，脚伸出着地那一刹那，突然被一阵猛风刮起，又被无情托高。

果然是老鸟慢飞。它只好重新来过，如此前前后后折腾了数趟。最后，它似乎累了，索性把自己当作一块石头，陡急地降落。

这回，它的双脚终于落地，但翅膀一时收势不住，跟跄栽落，不断跌撞。我猜想，可能是原本预估的稳定风流，突然停止或者迅速减弱，害它降落时难以掌握平衡，猛然往前冲刺。

最后，它仿佛一架刹车失灵且耗尽汽油的飞机，一路以胸腹着地。还来个翻滚，猛烈地拖曳、滑行，靠地面的摩擦才减速。最后，戛然而止时，周遭已尘土飞扬。群鸟喧扰了半天，才恢复安静。

还好没过一星期，史努比又拖着老迈的身子，安然地飞出外海。其他信天翁也不曾因这次的唐突，害怕它的再次飞降。

其实，史努比的降落还算是顺利的，许多年轻的成鸟，展现的降落则壮烈多了。有时，我只能用凄惨来形容那些场景。

我常看到它们飞降时，漫不经心地落下，结果，有好几回，在胸腹贴地迫降滑行之际，都偏离了它们预估的跑道。

于是，可怕的情景发生了。它们常一头倒栽，撞进旁边休息的鸟群。一时之间，场面一片混乱，不满之鸟声四处沸腾。

或许，我用这样的比喻最贴切，那种场景仿若电影情节里，大客机因起落架失效，不得不以机腹着地迫降。最后控制不住，撞入了游客熙攘往来的航班大厦。一时硝烟弥漫，人车混乱，四处奔逃。

奇妙的是，信天翁在这类的飞行安全事件中，失事受伤的概率微乎其微。只能说，这种莽撞的飞降，早在它们预估的飞行安全值内，不值得大惊小怪了。

学过滑翔翼的人深知，起飞虽不易，但准确地降落更难。这个先天的飞行死角，相信短尾信天翁族群势必也理解而无奈地认命了。

※

成鸟来去喂食时，有一天，发生了一件令人难过的事

一夫一妻制，
一年只生一胎，
一飞就是三千里，
一生只徘徊一片海洋，
一降陆地就是返乡，
一辈子只回一座岛。

情。一只雏鸟竟不幸死于草丛边缘。

最初研判，可能是成鸟在外海遇难，无法赶回喂食而饿死。等到解剖完尸体，才发现并非这么一回事。它的胃部里还残留许多食物。据此以为是食物中毒，但研究了半天，却化验不出任何结果。不过，我却对雏鸟的食物内容有了更进一步的认识。

根据过去田中的调查，成鸟飞到外海捕食，不只飞得遥远、漫长，觅食的猎物也非常广泛。它们喂食雏鸟的食物，多半为混杂着鱼、虾、锁管和乌贼等的小碎块。这些食物在成鸟的体内，经由混合，形成半消化或不完全消化的状态，储存在胃部上方一个特别的空囊里。返巢后，再张大嘴喙，将食物反刍出来，以油脂状流体，哺喂雏鸟。

一只短尾信天翁成鸟，体重往往达七八公斤，加上这些储存的食物，其态势颇为可观。若从一般鸟类的重量来衡量，那是相当不可思议的大胖子。但对羽翼展开达两米多、善于海上飞行的它们来说，丝毫不受影响。

不知这只雏鸟的双亲是否放弃它了？它们其实是相当疼爱孩子的鸟类。通常，飞返岛上，将食物反刍出来哺喂雏鸟后，都会顺势帮忙梳理羽毛，让它们感受到安全，一如人类疼爱安抚自己的孩子。

毕竟，每年才一胎，它们的照顾和疼惜，远远超过其他鸟类。雏鸟伏卧在浅坑的体态，日益肥胖，仿佛备受溺爱的人类小孩，食物不虞。未几，每只雏鸟仿佛都营养过剩，体重明显地大过成鸟了。

每回喂食后，没过多久，辛勤的成鸟们又匆匆地出海，再度滑翔到海洋去寻找食物了。利用成鸟外出觅食的空当，我们便有相当从容的时间溜到巢边，在它们的脚上逐一套上脚环。款式是日本科学家新近发明改良的，比我在台湾使用的还好，质硬而轻，又不容易褪色，适合长年追踪调查。

我们总共为三十五只雏鸟套上了脚环，统一套在右脚，使用橙黄色的款式。其中，我们还会选择个别的研究对象，加套另一种色泽的脚环，有的在右脚，有的在左脚，方便日后目击时，能清楚辨识个体。套上双脚环后，我们更便于观察个体的行为，研究一些有趣的生态习性。

这一批雏鸟约莫十来只具有双重脚环。为何挑选上它们？理由很简单，作为个体研究的雏鸟，一部分因历代祖先都有标示，乃信天翁研究长期追踪的家族代表，其他则视机随缘选取。上了脚环的雏鸟都有一身份编码，以便建档，对于个性比较与众不同的，我们也随兴取了小名或绰号。

小名若是什么翁子、雅子、信二的，大抵上都是个性比较文静或木讷的，有一些雏鸟若善于跑跳，我会赋予篮球明星乔丹、大鸟等头衔。长相特别奇特的，或者是让我们联想到有趣事物的，在取名上就大有学问了。譬如，有一只雄雏鸟，我们便用漫画家手冢治虫的名字，取名治虫。另外一只雏鸟，脸颊有些疤痕的，便以漫画的主角，取名为黑杰克，纪念这位伟大漫画家笔下的重要人物。那只最老的信天翁，为何取史努比这么滑稽的名字，听说当时的工作人员很喜欢这部卡通片，因而取名。

　　日后，这些雏鸟长成幼鸟，游荡于北太平洋时，在记录上通常比其他同伴拥有更多详细的内容。信天翁的外表难以辨认雌雄，因此在套脚环时，我们也顺便触摸其腹下的生殖器，以判断性别。

　　这一批雏鸟中，最特殊的无疑是大脚了。它是只雌鸟。既是雌鸟，为何取名大脚这样男性的名字呢？原来，我们在帮它套脚环时，它挣扎得特别厉害，脚的力量出奇凶猛。同时，它的膝盖的位置有块显著的黑斑。

　　还清楚地记得那天，我正好和田中一组。我们看大脚的双亲出海了，便偷偷地潜到巢区，试着帮它套脚环。纵使在这个最适合的时机，也并不容易，雏鸟已经拥有强烈的领域行为，它们善于以倒钩的鸟嘴攻击我们。除了一副强大有力的嘴喙，还会从屁股喷出粉红色的胃油。凭借这个天赋的怪异本领，它们得以在陆地上出其不意地惊吓敌人，再利用间隙逃走。

我们带着工具悄悄走近，伺机而上，迅速地用黑布袋罩住了大脚的头，它仿佛连惊慌的时间都没有。

原本我们以为稳当地捉住了。未料，它却趁我们顷刻的疏忽，奋力挣脱，连黑布袋都甩掉了。瞧见我们的身影后，随即扬尾，对准手忙脚乱的我们，痛快地喷射。我们的工作服上顿时沾满了强烈麝香气味的胃油。我们穿着异味熏天的衣服，尴尬地回到宿舍后，再轮番使用大桶的小苏打水和醋液，将衣服浸泡了好几回，才勉强消除了那味道。

大脚不只是脚的力气大，引发了我们的注意。当成鸟飞出外海觅食时，它经常离开巢位，东探西看，有时走到其他巢位，还被别只回来的成鸟威吓、驱逐。此外，总有那么一两只无所事事的幼鸟，特别爱找外出的雏鸟挑衅。

大脚在晃荡的路线里，难免就遇着危险了。就有这么一两回，它胡乱地躲闪，最后竟误闯边缘的草丛。那儿是文殊兰密集生长的地方，因白花尚未绽放，少有短尾信天翁走入里边活动。偏偏大脚却闯进这片草丛森林，迷了路，差点回不了巢位。

有一天，我看到大脚毫无顾忌地走进去时，特别提醒大家注意。

只见它摇摇晃晃，俨然如企鹅上岸。但上岸的企鹅若是旅行，它会很快地走动，朝目标准确地前去，或者躲在隐蔽处休息。

大脚根本是在散步，悠闲地晃荡，后来或许是走太远了，想要回来时，竟迷糊地找不到路了。它发现周遭都是文殊兰，每株都长得相似。

有位助理看了不忍心，原本想冲下去解围，但田中拦阻道："我知道你要做什么。你如果帮它忙，就违犯保育的原则了。让它自寻出路吧，如果出不去，也是它的命。"

田中话虽讲得硬，但我相信，大脚若出不来，他还是会动恻隐之心，自己下去抢救的。

还好，不知大脚是如何乱闯的，竟然摸出一条路，只是它必须穿过很长的鸟群栖地，才能回到自己的巢位。它这种行径，其实充满挑衅，一路上，惹得好些成鸟和亚成鸟不怀好意地向它威吓。

我以为大脚就此不敢再乱跑，但没过多久，它又到处走逛了。

其他雏鸟多半谨慎地待在巢位附近，时而舒展黑色的双翅，梳理羽毛。最多也只是离开巢位一段距离，就却步不再乱跑，仿佛担心父母回来喂食时，找不到它们可麻烦了。

这时，大脚的行径看来比较像一只小企鹅，在极地散步、旅行，反而不像一只安静、守本分的信天翁。

有一回观察时，看到大脚又误入文殊兰的草丛，似乎迷路对它而言是正常的事。我不禁摇头，和田中开玩笑说："大脚前世一定是只帝企鹅，这回想必投错胎了，从南半球跑到北半球了。"

田中也点头附和我的看法："嗯，真像人类的多动儿。"

如果是在过去的年代里，像大脚如此随便离开巢位，说不定就被乌鸦或者野猫伺机攻击了。

※

春天时，大斜坡旁，一株株文殊兰耸立的白色花朵，成为唯一较为醒目的颜色。但天气暖和的日子多了，雏鸟的发育似乎更加快速，一种类似幼鸟的体型逐渐展露。绒毛逐一脱落，身子明显转瘦，羽翼则相对地坚硬，长出更完整的羽枝、羽毛。

这时节，天气状况不甚稳定，有时还太阳高照，晒得雏鸟们焦躁不安。但更多时，冷风不断地刮送。它们只能蹲伏不动，长时间接受海风的吹拂。

从寒冬的东北冷风，挨到春日温暖季风的到来，相信都是信天翁学习起飞必修的基础课程。这样远眺着、凝望着、冥思着，一如每一代的祖先，先苦其心志，准备着迎接即将到来的最后挑战。

但雏鸟还是有躁动的，离开巢位活动的次数，显然大幅提高。大脚更毋庸说，多半时间在巢外漫游。它经常跨着大步，摇晃于其他雏鸟间，或拨弄草丛的茎秆，或衔咬文殊兰的花朵，仿佛陆鸟般，不断地探查，看看那些花草里面是否有什么东西。更令人惊奇的是，它常展开翅膀，好奇地跃跃欲试，仿佛自己随时可以升空一般。

这个时期，成鸟从外海回来，雏鸟似乎都饿了许久似的，总会更大声地聒噪，努力索取食物。又似乎在撒娇，希望获得更多食物。

大脚反而较沉得住气，成鸟飞回时，它还常在外头晃荡。有时甚至让父母在巢位等候了好一阵，才见它姗姗回来，从容不迫地从双亲嘴中摄取食物。

一般郊野鸟类的成长，雏鸟在离巢学飞的过程里，父母亲一直扮演着重要的老师角色。每天不断地通过父母的飞行、捕食，以及移位等行为，逐渐懂得生存之道的细节奥妙。但信天翁雏鸟第一次飞行时，父母并不在身旁，它们早已飞到北太平洋上，或许一辈子都不再接触了。

关于如何起飞，以及未来的飞行，信天翁的雏鸟在从亲鸟嘴中摄取食物，或者是接受亲鸟亲密地梳理羽毛时，会不会从父母口中获取知识呢？又或者，雏鸟将来学习飞行，全靠自己摸索？对于这段最后喂食时期的养育，我不免充满了好奇。

田中可是非常笃定地认为，喂食时，亲鸟应该也同时向它灌输飞行的知识，以及海洋的领域的。

有一回，大脚又胡乱外出，穿过信天翁群，我们继续关心地望着。

我不禁念道："如果你是大脚的父母，看它那样到处乱跑，会说什么？"

没想到田中还挺认真地思考，沉吟了半晌，悠然答道："我会劝它，最好把心思放在飞行上，那才是最重要的课题。"

我微笑地认同。

田中突然又开口："你知道，我为什么邀请你来鸟岛吗？"

我摇头，半开玩笑地回答："是不是因为我吃苦耐劳？"

田中罕见地大笑："热衷系放的人，当然得具备这种条件。重点是你来自……"

他似乎想讲什么，但我没专心听下去。原来，大脚胡乱地走逛，似乎误闯别人家的巢位而遭到其他成鸟攻击，踉跄地摔倒了。

它花了好一段时间才挣扎起来，继续往前走。又遭到其他成鸟的排斥。但它依旧如往常般地穿过成鸟的势力范围，走到较空旷的巢区边缘，继续先前的冒险。只是这回它对周遭的草木兴趣不大，跟其他雏鸟一样，专心地在展翅了。

其实，这段时间到底成鸟有无教导它飞行，我们不是信天翁，自难查证。唯一可以确定的是，这些时日不会太长，雏鸟也从未在父母面前起飞过，只是偶尔展翅。

随着它们的行动日益灵活，绒毛逐渐褪去，羽翼渐次形成，亲鸟回来的时日则大幅减少。喂食的时间短暂而迅速，雏鸟很难再领受到亲鸟亲密地爱抚和梳理了。

反之，雏鸟在草原上展翅的情景，更加密集地出现了。这时，或许该改称其为幼鸟了。

循着水光、鱼影和气味的交杂，
在茫茫大洋中，
短尾信天翁靠着嘴喙和鼻腔的特异功能，
往往能像雷达般的精准，
快速而准确地飞抵渔场，
潜入水中觅食。

但展翅不尽然代表马上就要飞行，反而是一种提醒，告诉自己应该保持何种状态。就好像青少年准备升学考试的最后一个月般，它们养足身子，羽翼坚挺，准备面对即将到来的飞行使命。

很多时候，不论它们在徜徉散步、发愣伫立，还是集聚一起，感觉上，似乎都在思考、讨论飞行这档子事。

有时这些新生代的幼鸟也会接近那些尚未离去的陌生亚成鸟，或者和年龄大两三岁的幼鸟集聚，仿佛向它们讨教飞行的事宜，或者是透过前辈得知，将来飞出外海后，到底要去哪里，才能找到它们最重要的觅食场。这种社交仪式，很明显是不可避免的。大脚自不例外，而且显得活跃许多，继续在团体里穿梭。

五月初，不少短尾信天翁开始离开鸟岛了。尤其是一些早年出生回来过冬的幼鸟和亚成鸟，仿佛放暑假的学生，更是提早动身，急着前往大洋寻找食物去了。

当其他年长的幼鸟和亚成鸟逐一离去，我们却看到，史努比等老鸟多半还待在岛上。它们偶尔会展翅，让幼鸟注意，但多数时间，都气定神闲地待在巢内。史努比比较爱表现，总会不定期站上一个较高的土丘，展翅一会儿，再回到巢区休息。不过，像史努比这等老鸟，启程虽然较

晚，到五月中旬也不见踪影了。

我曾经好奇地问田中："你觉得老鸟为何晚飞？"

"我相信，它们在把握最后的时刻，传授飞行经验，才会比较晚走。"

"就这样坐着，偶尔展翅吗？"我狐疑地问。

"其实，它们安然地坐着，就有一种安定的力量。"

他的笃定态度，让我不知如何接话。

田中的回答其实是缺乏科学根据的，有时他会不自觉地流露感性和浪漫。先前，光是阅读田中发表的论文或报告，还以为他是作风相当严谨的学者。或许，长期的科学研究训练，终究无法压抑一个执着于某种动物研究的学者，产生一种超越科学认知的感情，对待他所观察的动物。也或许，若没有些许浪漫的特质支撑，怎能长期忍受吃力烦琐的野外工作？

每当田中使用这种第六感式的语句时，我明知过于唯心，但还是油然而生感动。

※

如今只剩下新生的幼鸟，似乎都吃完最后一餐了，在温煦的草原上徘徊。这是岛上风景最为瑰丽的时节，草原上黄、白、紫等鲜艳色泽的野花都纷纷绽放了。

繁花怒放的时节，大约有十来天，好像是专门为每年即将远行的幼鸟举办惜别会，因而在此时盛开。这也是幼鸟今年最后的陆居生活。很多短尾信天翁正在飞往东或北的遥远海上。天气暖和了，它们会飞到阿拉斯加、堪察加半岛等地，在那儿等候新生的幼鸟前往。秋天时，再飞回鸟岛。

父母离去前，喂食的最后一餐，足够幼鸟维持十几天的体力。它们深知，这一餐也远比其他日子的进食都重要。它们更加紧练习展翅，准备飞向海洋。接下来，在自己摸索未来的时日里，如何展翅飞上天空，将是第一关。

父母从海上捕获的食物，半消化后，再反刍出来，喂食的食物滋味，早已内化成幼鸟日后觅食的本能，也是它们飞行的重要动力。这批相当于人类小学一年级学生的幼鸟，现在都把心力放在翅膀的伸展、保护上，进而花费更多时间，不停地梳理、修润。而当海风力量稍微增强时，有的便站在空地上，大胆地张开翅膀，检视修长的羽翼，或者端详自己未来在天空的可能形容。

五月底了，它们深知，不飞上天空，只有饿死在岛上。它们必须自己学会起飞，飞到海洋觅食，一只也不能留下。

第二章

飞离鸟岛

一个不好的事情却在这时发生了。

成鸟和亚成鸟们离去不到一个星期，一个台风赫然快速地逼进了鸟岛。

幼鸟伫立在大斜坡时，远远地便望及，西南方的海平线出现了不寻常的、赤褐色天空。一大团云块，厚厚地层层铺卷着，愈积愈厚，慢慢地飘移北上。幼鸟们隐然知道，有一个过去不曾经历的可怕日子即将到来。

就不知道，它们是否从成鸟口中听说过这种天气对信天翁飞行的意义。当暴风雨的日子到来，别的海鸟或许会远飞走避，但信天翁天生是飞翔好手，就是要迎向这种风雨的日子，摸索飞行的奥义。假如它们都是成鸟、亚成鸟，或者已经在海上娴熟地飞行了一阵，面对这种日子，势必充满挑战的乐趣，说不定还会兴奋地迎接，翱翔于暴风雨边缘呢!

所谓暴风雨来袭日,正是信天翁成长时。只不过,对还在陆地成长、仍摸索着第一步如何起飞的幼鸟,这简直是最糟糕而恶劣的消息。雨丝飘落时,它们纷纷回到原先的巢坑,安静地蹲伏着,准备苦撑熬过即将到来的风暴。

一个早上还没过去,雨丝便不断增大了,风力也逐渐增强。进而,地面开始飞沙走石,断裂的枝丫随风胡乱飞蹿。一阵一阵强大的飓风吹掠过来,每一回都仿佛要把大斜坡的地表掀开。幼鸟只能把自己的头部深埋在羽翼里,紧贴着地面,把命运交给大自然抉择。

田中还记得,有一年台风来袭时,造成大斜坡上头一处土石突然崩落,一并将来不及飞行的幼鸟卷走了十几只。无论台风再如何吹吼,我们都不害怕,就担心大斜坡周遭的山峦再次发生土石崩落,波及栖息地。

新长成的幼鸟原本一帆风顺,还以为就要完成陆地时期的生活,没想到这最后关头,才遇到真正的考验。这个提前来袭的台风,同样地让我和田中等人慌了手脚,却也爱莫能助。观察小屋就在崖壁下面,台风天时根本不适合滞留。台风登陆前夕,我们只能在斜风细雨下,无奈地撤离。回到宿舍后,整日在房间内踱步,默默地祈祷着,风雨不要伤害了这些初生之犊。

那天的风雨真是恐怖，台风从下午猛烈吹刮，到隔天一早，仍在狂啸。我们的宿舍屋顶竟被掀翻一个大洞，房间都浸了水。大家整晚未睡，忙着抢救文件资料，保护电脑等设备。过了中午，风力减弱，雨势才逐渐缓和。

大家虽然疲累，可没人有心情躺下休息。勉强出去，探头检视宿舍周遭，岛上好几棵生长于低矮山沟的乔木，竟被连根拔起，或者只剩下枯干伫立。旁边几间储存物品的小屋，铁皮也都被掀翻。至于通往草原的小径，更被土石掩埋，路迹不清，一时间似乎难以通行了。

看到这等凄惨的混乱，我们更加担心幼鸟的状况。简单地整理宿舍的环境后，大家尝试赶往草原。冒着微雨，边整理山径，边小心翼翼勉强前进。走到半途，情况似乎更加恶劣。前方的草坡，仿佛一张干净无痕的纸被揉皱后再摊开来般。原本蜿蜒绮丽的小径，被土石冲刷得寸步难行。大家小心地攀爬。我正在庆幸自己抓住一根枯草茎，才未滑倒时，前面有位助理失足摔倒，扭伤了手臂。前往大斜坡的计划，遂宣告取消。

隔天早晨，我们再度出发。草原的山径难以通过，怎么办呢？田中想到了另一条小径，据说那是地质观测人员在此调查火山环境的旧路线。我们先沿着山腰缓行，绕到更靠近火山口的位置，再循山棱上山，慢慢地爬上第一座山麓的鞍部。这段路途稍远，所幸山路无恙。只是我们居然花了一个多钟头，才抵达观察小屋。

还好，小屋安然健在，周遭无崩石的现象。幼鸟们呢？进了小屋，我们心急地用望远镜一只只地细数。多数幼鸟都蹲伏在浅坑内，寂然不动。它们似乎因对抗台风，花了太多心力，每只都显得十分疲惫，虚弱得无法站起身恢复展翅的活动。

我们数完后，觉得情况不太对劲，再仔细点名一回，这才确认，有九只幼鸟在台风过境期间消失了。猜想是被台风给吹走、掉落海里了。一时间，大家难过而颓丧得提振不起精神。田中为了鼓舞大家，提出一个乐观的看法，也或许，台风还未全面到来前，它们就提前离去了。但大家都心知肚明，这个概率并不高。

其实，我们也没太多时间悲伤，甚至关切幼鸟的失踪，如今眼前出现了更严重的麻烦。

台风走后，幼鸟如何维持体力，这个隐忧随即浮现。台风的突然到来，明显地害得它们延误了两三天练习飞行的时间，不少幼鸟的体力都消耗在抵抗台风的吹刮上。这个意外，相信并未在亲鸟喂食的估算时间内。它们还有多少体力能学好飞行呢？我们都很担心。

幼鸟似乎也深知状况紧急，整个栖息地里，每只鸟疲惫的身子，似乎都抑扬着焦躁不安的情绪。跟我们一样，巴不得天气马上转晴。

又过一阵，风雨终告歇止，幼鸟纷纷从浅坑摇晃站起，各个设法伸颈、展翅、努力拍动。眼前最要紧的是，风干羽毛。幼鸟们生怕羽毛浸湿过度，体力消失得更快。也有的不断地梳理着，非得要把每一根羽毛都擦拭得亮丽。

没有好鸟羽，就无法飞行。日后，鸟羽在一次又一次飞翔之后，难免磨损、脱落或换羽。多数鸟类出于天性，都非常注意爱护自己的羽毛。许多鸟的尾部具有尾脂腺，分泌出油脂。它们都懂得用嘴将分泌的油脂涂抹在羽毛上。这就如同人的护发，但根本的区别在于，人类用来涂抹头发、使之柔顺亮丽的秘方，是从店铺里买回的，而鸟的护羽油脂却是自身的。

鸟类从出生起，大概就从成鸟的经验里获知，梳理、修整鸟羽乃重要的基本功夫。信天翁的成长里，这门必修课想必更为重要。光看翅膀就知道，它们要整理的面积远

一年只有一胎，
每只雏鸟都是父母极力呵护的宝贝，
也期待它的安然启航。
我们因而深信，
在大洋飞行的种种阅历，
随着食物的丰富喂养，
成鸟早都教给了孩子。

比其他鸟类来得多，花费的时间也更加冗长。

从观察小屋望去，我们好像看到一处大停机坪上，一群飞行员准备开飞机了，各自忙碌着，仔细地检查每一个起飞的装备。每只幼鸟的神情都严谨而紧张，时间似乎紧迫起来，容不得休息、聊天。一整个下午，没有幼鸟出来走动、散步。

眼看幼鸟即将飞行，隔天我们干脆更早起床，天还未亮就匆匆出门，再次绕远路，不到七点便进入观察小屋，兴奋地等待了。

这天天气更加清朗，不再有雨丝。幼鸟多半未蹲伏在浅坑，它们离开巢区，摆出一种引颈企盼、等待海风吹来时准备启航的姿势。只是，刚开始学飞，难免比较保守，不敢贸然尝试离开陆地的动作。更何况，它们似乎意识到台风之后，不宜再随便浪费体力，所以起初都是相互观望，裹足不前。一时间，竟变得没有幼鸟愿意率先尝试，俨然一群家鸭，无所事事地在晃荡。

最后，终于有一只发难了，逆着海风的方向，试着摊开翅膀，小跑几步、飞跳，然后再降落，但它踉跄几步，勉强稳住，随即又控制不住地往前倾，连续撞着了好几只幼鸟，引发了一阵骚动。这样尴尬的起飞，犹如先前看到的成鸟降落的狼狈。

后来，我们发现，这只率先站出来练飞的竟是大脚。它这一尝试，其他幼鸟才敢做出相似的动作。但一开始，多半还是小心地微微摊开翅膀，似乎怕张得太开，伤害到羽翼。跑步时，也不敢贸然飞跳，至少脚步几乎不敢离开地面。这种笨手笨脚的飞行练习，让人难以想象过去在鸟书里阅读到的、信天翁在海洋上空翱翔万里的美姿。全世界最懂得飞翔的鸟类，在陆地上竟如此笨拙，多么让人失望啊！

顷刻间，我又看到大脚再度展翅起跑、飞跳。结果，它滑行了六七米。但降落时，又告失败了，而且摔得很凄惨，头脚同时着地，翻了一个筋斗，几乎连羽翼都折伤了。当它辛苦地爬起时，暗褐的胸部上沾了湿黏的火山尘屑。所幸其他幼鸟都很机警，好像知道它必然如此。在它降落前，早已纷纷走避。

其他幼鸟观望后，都有些惊吓，几乎没有再尝试的。它们似乎从大脚的失败里感受到，时候可能还未到，整个海洋的风仍不够稳定，还不适合驾驭。离开的时机也不够成熟，它们还没有学会起飞的全部技巧。

田中在小屋里特地伸手沾口水，再去感受海风的强度。他似乎很赞同幼鸟们，居然说道："海风的速度还不够有力量，不适合飞行。"

田中一忘情时，研判鸟的生态常常是站在信天翁的角度考虑的。我们私下不免戏称为"信天翁式思考"。时间愈接近起飞，他这方面的鸟类叙述和论断似乎愈常出现。

尽管尚未起飞，台风之后，幼鸟们似乎更加体会到了何谓飞行。它们各自轻轻地舒展翅膀，甚至闭眼冥思，仿佛在海中飞行，驾驭着风，享受着滑翔的快乐。譬如，先前提到的治虫，就是如此陶醉，俨然是得道者。

唯独大脚，尽管又摔倒了，但站起后，还是继续兴奋地拍翅，甚至扇得尘土飞扬，好像一只野鸭般地胡乱振翼，生怕自己飞不起来。最后，当其他幼鸟继续蹲伏时，大脚又恢复了先前的行为，到处走逛，似乎在结交朋友般地东探西钻。关于飞行，好像它已经准备周全，随时可以升空了。

幼鸟们什么时候才会起飞呢？它们体内的能量势必将消耗殆尽，我们直觉，今天若没有离去，明天起飞的可能性最大。一来它们应该心急如焚，二来无法判断日后天气的状况，若能够愈早远离，它们愈有安全感。我们都认同田中的看法，它们只稍微展翅，继续蛰伏，最有可能是在

等待海风。等待适当的风流，从海上涌来。

到了下午，又有些幼鸟在练习起飞。它们也偶尔小跑一两步，再靠着展翅的辅助，尝试着飞跳。有些还学习飞行的降落，不时试着，羽翼摊平，两只如蹼的大脚下垂，形成一个标准的"大"字。也有的，尝试着短暂离开地面，再降落。它们的降落比早上大脚的表现稳健许多，尽管仍有摔倒，还不至于狼狈地发生四脚朝天的窘境。

大脚呢？幼鸟们继续练习起飞时，只见它蜷伏着自己，可能累了，在浅坑里安睡。

时候不早了，幼鸟们大概不可能在今天出海，但很多只都娴熟地展翅，高举翅膀，那种情境都让我们坚信，明天一定是离去的时日。

那一晚，我们决定不回宿舍，直接睡在观察小屋。每个人都生怕错过了起飞的壮丽场景，天方亮，就守候在窗口，一边啃食着饼干，一边等待着时机的到来，那时幼鸟们几乎仍熟睡着呢。等天空泛白后，幼鸟纷纷睡醒，不太像昨日那样随意走动了。那种拘谨的情境，仿佛如临大敌，若你是赏鸟人都会有直觉，即将有大事发生。

果然，七点出头，田中惊叫道："照雄，快开始了。"

我原本还在低头记录笔记，急忙凑近窗口，但幼鸟们还未动身啊！我正疑惑着，突然感受到一阵阵强力的海风，从南方徐徐吹来。我们的脸颊都清楚地接触到了海风温暖的力量。那是一种很难以文字形容的、来自南方的和煦的风的饱满和张力。

田中再次用手指沾口水，测试风向，不禁赞叹："好棒的风啊！"

那享受的口吻，仿佛吃到了天下美味般地陶醉。其他人不免摇头苦笑，我倒是颇有共鸣。有一年春天，在台湾的淡水河河口观察水鸟迁徙北上时，我便体会过这种风的美好。更何况，此一孤立于太平洋的小岛，这种季节风显然更加具体。

那海风，确实有种说不出的厚实和丰饶，美好地一波波拂过。仿佛是大自然之神，带来了巨大的慈祥善意，告诉万物，告诉幼鸟们说："孩子们，起飞吧，我会一路呵护。"

幼鸟们果真感应到这道风流的温煦气氛了。南风强大而稳定地涌进，时间又有限，它们知道，没有比这时离开家园更适合的时机了。

于是，只见它们再度昂首引颈，在文殊兰摇曳的陡峭斜坡上，仿佛迎接什么似的，更加肃穆地仰望着，等候着。终于，有一只信天翁展开双翅，双脚开始起跑。我原本以为，率先出发的会是大脚，没想到竟是治虫。

只见它高举翅膀，像人类初次练习滑翔翼一样，双手抓着巨大的三角翼，朝倾斜的下坡快速奔跑。借由奔跑的速度，加速了双翼的飞升之力。它跑了没几步，轻松一蹬，轻易地在风的抬举下，悠然地缓缓浮升，像风筝般顺利升空。再借着风力，飘向海洋。

紧接着，其他幼鸟逐一展翅，像一架架轻航机，摇晃着，自航空母舰上的甲板起飞，逐次升空。一只紧连一只，急切地离去。信二、远雄……我的朋友们纷纷告别了陆地。

假如我是其中的一只幼鸟，想必是兴奋又紧张，带着连自己都不敢相信的惊愕眼神，摇晃地滑翔出海。毕竟，这是第一次飞行。更何况，这一起飞后，从此便进入茫茫的广漠大洋，接受它的严酷考验。并非滑行一小段，即能休息。换句话说，一旦启程，少说也要两三年，才可能再回到鸟岛。地球上，除了信天翁，哪有动物的成长之旅如此"奥德赛"。而这一切，都将从第一次起飞后，就命定了。

多么非同小可的首航啊！相信每只信天翁对第一次起

飞的初体验，必然都印象深刻而刺激吧。

几乎每只都轻松地腾空远扬了。多数幼鸟升入空中后，不约而同地滑行到外海，继续坚挺着一对羽翼平伸的灰黑身影，在海风中，享受着首航。唯有几只，跑得过于紧张，或者是不知怎的，太仓促了，两只脚未配合双翅张开，反而像铅锤拉住了身子。结果，笨拙地摔落。它们只得辛苦地再来一回。大脚便是落后者之一。

大脚起飞的时间并不晚，摊开羽翼的姿势也很正确，但朝下坡跑时，速度似乎不够快，或者是倒霉地踩及松软的沙地，一个重心不稳，才飞起，风力又突然不够，旋而降落。可它不甘心，竟想一只脚着地，试图再蹬上天空。这一招，其他鸟种或偶见吧，但信天翁的飞行教材里，可没有这一课。

七八公斤的力量顿时集中在一只脚上，它当然支撑不住，又狠狠地重跌，头脚一起栽地，最后滑稽地再次翻个四脚朝天。所幸旁边有草丛，减缓擦撞，保护了翅膀，只是胸部搓摩了一大块。这一摔，真是难看，原本就暗褐的胸部，触到地面后，更加阴暗。它费了好一番力气，才勉强再爬起。

这时多数幼鸟集中在海崖前方，缓慢地滑行，练习盘旋，快乐地享受海风的吹拂。其中有三四只，借助了南风的吹送，滑行到大斜坡上空，仿佛想要再次熟悉家园，生怕日后认不得似的。不过，这几只幼鸟在上空停留不到几秒，就被风流带走，越过鸟岛。我猜想，势必是驾驭风的能力不足，才形成如此随风逐流的状态。

不过，没多久，它们在远离鸟岛之后，似乎又设法摆脱了风的纠缠，绕了大圈，继续回到海崖前方，加入其他同伴的飞行行列。

"它们是否会在这里绕个两三天？"我有些困惑地问田中。先前翻读资料时，约略知道幼鸟初次离开，通常会先在岛屿周遭盘绕试飞，熟悉家园的环境。

"嗯，以前好天气时，它们起飞后，都会飞绕岛屿好几日，好像舍不得离去。那种感觉很像鸟和岛的爱恋，很让人感动。"田中说到此，有些陶醉，"但是这回有台风来，它们的体力较差，又急着找食物，可能盘绕的时间不会太长吧。"

大脚慢飞，我们因而特别关注它的状况。这时只见它费了一番力气，终于站稳。再往下，无斜坡冲刺的空间了，它却没有往回走，反而走上旁边一高处的土坡。屏息一阵，再次勇敢地展翅。

难道就这样起飞吗？我们正狐疑，只见它助跑一小步，便飞跳起来。老天！它竟然如此盘算风力，简直在赌命似的，眼看又要掉落、碰触到灌木丛时，海风似乎拖住了它。只见它如一架单侧引擎故障的飞机，在颠簸地摇晃中，勉强浮升。

大脚似乎清楚自己晚飞，比较急切，还顺风而行，像一只脱了线的风筝，快速地垂直升高，更如鹰鹫盘旋般炫耀飞行，根本不像其他幼鸟的滑翔，优雅地掠过鸟岛南方的深蓝海面。

田中在旁边不禁击节喝彩，以我们常听到的日本式鼓励口吻，激动地喊道："果然是大脚，再次勇敢地升空了，而且是不动如山的升空姿势呢！"

他这一称赞，我反而不知如何看待大脚的飞行能力了，心头纳闷着："怎么会有如此急躁的信天翁！"

大脚飞上天空后，没多久，便赶上前头的飞行行列，加入了海面的梭巡活动。大斜坡已经没有幼鸟，它们都成功地离开了家园。我们走出观察小屋，快步走到大斜坡，继续用望远镜眺望，这时断崖前的海洋上空，还有二十来只梭巡着。其他幼鸟虽未看到，若依过去的经验，它们应该还在飞绕岛屿。

它们都以信天翁著名的翱翔姿态飞行，挺着双翼，纹风不动地御风而行。一般鸟类纵使离开了巢，总要父母陪伴在旁，训练飞行好一阵，才能独立生活。信天翁不仅独自摸索学飞，关于翱翔的本领，似乎也是与生俱来。只是一开始随风而行，飞行技术不精湛，经常一下子就被吹得老远，还得设法飞回。

这时若一起飞便远离，或许较为容易。但没有幼鸟如此决然，它们还得认识家园，以免日后回来认不得岛屿。要不然，就不会在鸟岛周遭的海域持续逗留着。更何况，这时集聚着，多少还能相互切磋初飞的技巧。

只是菜鸟初飞，羽翼挺着不动好一阵，不免有些失去信心，不安地、反射性地振翅一下。这个多余的动作，绝不可能在成鸟身上出现。更早一个月，我们看到成鸟滑行出去的优雅场面，多么像职业选手的出航。它们绝不会犯此生手的毛病。

幼鸟的表演，仿佛都是生嫩的业余选手。但很快地，它们将了然，一个随便的拍翅，反而阻碍了滑行的节奏，虚耗过多体力。若是逆风，甚至会伤害到羽翼呢。

也有拍翅者获得更严重的教训。比如好几只幼鸟大概是飞得慌张了，又怕被海风吹远，不知如何是好之下，被迫飞降到海面。更有两三只飞降时，因不甘心，接近海面时，想要再拉升，但算不准气流，一个奇怪的踉跄，仿佛在地面踩了个空，半空中失速而撞击到海面，尴尬地滞留在那儿。

还有好几只幼鸟，或许是饿了吧，看到同伴飞落，心性把持不住，干脆也迫降下去，莫名其妙地随海面漂浮，还急切地将嘴喙伸进海里，试图攫捕海洋生物。

※

现在，不小心或刻意降落海面的幼鸟如何再起飞，成为我们最关心的事情。

这些漂泊于海面的幼鸟，想要再从海面上飞升时，不只要再凭借海风的力量，还得展现比陆地时更高超的飞行技术。起风时，它们得快速以双脚踏浪。然后，振动翅膀，像一架水上飞机般，迅速冲刺。进而借助风力，回到天空。

在大斜坡时，风力较大，它们上升比较容易。在海面上，气流不稳定，风势力道衰微，不容易支撑幼鸟信心薄弱、技巧又不足的起飞。不少幼鸟的海上初飞，跑不到

最美丽的起飞，

最笨拙的降落。

如此截然不同的表现，

很难想象，

恒常发生在同一种鸟类的身上。

这堂课是必修的岛屿学，

却也清楚地告知了信天翁的海洋属性。

三四步，就像快速萎缩的气球，颓然地落回海面，随着浪潮继续漂浮。等休息够，再把握一个起风的好时机。

这堂海面起飞课，远比第一次陆地起飞困难许多。这群幼鸟一如小学二年级的孩子，仿佛才知道九九乘法，就得摸索三角函数的问题了。后来，我听田中说，以前曾有幼鸟飞出去后，降落海面，竟再也飞不上去。结果，惨遭灭顶。所幸，这种情况并不多见。

正瞭望得入神，田中却招呼我注意空中，还有只幼鸟正在御风而行。它是唯一停留在原来空中的幼鸟。

其他幼鸟坚持没多久，在不熟悉风流的力量下，逐渐地被南风推送到西边，甚至更远的海平线去，变成一小点。或者是，一如先前的几只幼鸟，被风阻挡，慌乱地飞过了鸟岛，不小心飘荡于另一边的海洋，难以绕回。

起飞慌张，翱翔纷乱，这种幼鸟初飞的脱序现象，每年都会发生。若是成鸟，不论是十月时回来，还是喂食期间的出海，其飞行秩序之井然，仿佛国际机场的航班，似乎有一塔台专门指挥，天空绝少群飞乱舞，更不可能出现几乎撞叠一起的尴尬场面。但无论如何，无须多少时日，很快地，幼鸟们将适应风流，摸熟天空的空间、海浪的起落，稳定地朝东北方翱翔。

  永远的信天翁

"你看，大脚。"田中指着那只天空的幼鸟。

"你确定是大脚吗？"我用望远镜搜寻，觉得距离实在太远，根本难以辨认，更何况我的心思全集中在停降于海面的幼鸟，忘了注意大脚的动向。

田中可是一直紧盯着大脚。他坚信，目前停留在外海上空的那只就是。他还兴奋地提醒我："Soaring，大脚正在 Soaring。"

那英语的中文，通常译为"翱翔"。听到这个飞行的英文专有名词时，我突然有种惊醒的感觉。

这种惊醒，好像在观看 NBA 明星球员打球一样。虽然有很多人表演了灌篮绝技，但最终还是期待着一名像飞人乔丹一样的球员，以空中走步，从罚球线一跃而起，行云流水地灌进篮筐，如此简单干净又利落。看见其他幼鸟蹩脚的滑行之后（对不起，我实在难以用"翱翔"两个字形容它们），感觉大脚正是如此诠释着翱翔的真谛。

※

翱翔这个名词，就是我们常看到的，当地面出现上升的热气流时，鸟类飞进这一区域，再借着这道热气的浮力，挺着羽翼，不断地盘旋，缓缓升空。有时只看到那只鸟略为振翅，又继续绕圈，直到气流消失，才结束飞行。或者，借着这一高度，再挪移到其他地区，寻找其他热气区。

翱翔的目的，主要是借此节省飞行的体力。甚而，作为鸟瞰周遭环境的位置。至于是否还有其他目的和意义，目前鸟类学者并无这方面的特别研究和明确论述。

许多以陆地为栖息环境的猛禽，诸如大冠鹫、老鹰等，都偏爱这类不断绕圈升高的盘旋，甚至作为集聚的场合，三四只，或者六七只，乃至一二十只，一起滑行。

不过，这是陆地上平坦环境的翱翔，通常称为"静态翱翔"。

一些过境小型猛禽，诸如红隼、赤腹鹰和灰面鵟鹰等，选择特定的山崖、山谷的环境，掌握不同高度的空气流速，时上时下，迎风鼓翼，或者顺风滑行，则称为"变动翱翔"。只是这种变动幅度仍较小，并非高难度的飞行挑战。

海面的环境苛刻许多。一来，这儿无法热到足以产生类似地面的上升气流，二来，波浪的起落，虽然产生类似山谷山崖的风速，但波浪起伏不定，不同层气流的流动复杂多变。因此，海鸟的变动翱翔在飞行技巧上就困难许多。

海上的变动翱翔，又可区分为两种层次。

小型海鸟诸如海鸥、燕鸥的变动翱翔较为简单，我们常在海面遇见，易于明了。深奥的变动翱翔，就得由信天翁和水薙鸟等大型海鸟的飞行来诠释。

先说小型海鸟的变动翱翔吧。

一般说来，海面之上，大约二三十米的高度，那是风

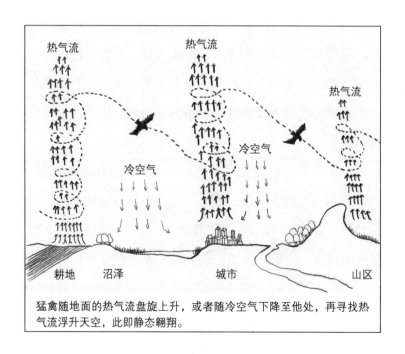

热气流　　　　热气流　　　　　　热气流

冷空气　　　冷空气

耕地　　沼泽　　　　城市　　　　　　山区

猛禽随地面的热气流盘旋上升，或者随冷空气下降至他处，再寻找热气流浮升天空，此即静态翱翔。

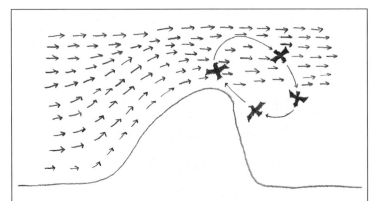

小型猛禽利用山区地形的气流变化，迎风鼓翼或顺风滑行，乃较为简单的变动翱翔。

力最大的地方。海鸥、海燕等小型海鸟，往往在这个空间，获得风力的速度支撑，轻快地飞翔、盘旋。然而，当它们飞扑到距水面几十厘米的位置觅食，或是进行其他活动时，风力在这里受到海浪的摩擦而减速，因而风流速度降至最低。

小型海鸟飞降到这个空间时，尽管缺乏风力的支持，但它们以自己的重力加速度，再结合少许海浪的风力，往上飞一二层空间后，风力又增加了，进而推动它们向上。纵使无风了，它们还是能鼓动羽翼，快速地飞上高空。

它们因而可轻易地高居水面之上，在风中，轻快地上下旋转，且不断地从下一个循环中获得动能。这样的循

  永远的信天翁

环，可持续好几小时，甚至好几天。

信天翁获得飞行动能的原理和小型海鸟基本相似，只是信天翁无法快速地伸缩羽翼，体重又重，飞行的技术就比小型海鸟困难许多。相对地，信天翁所诠释的变动翱翔，最低点极为贴近海面，整体的飞行幅度亦较大，航线有如一个大 S 形。

鸟岛上的幼鸟初次飞行时，从高空一贴近海面，为何纷纷落海，只有少数几只安然无事，主要原因是缺乏经验，掌握不住海风的特性，对自己身体的重量和续航力也不够熟悉。

再者，当它们贴近海面时，明知快失败了，但纵使想要避免，似乎也不可能躲开。它们的羽翼太长了，无法像小型海鸟那样及时抽身，只能眼睁睁地看着自己滑入海中。唯一能够做的事，就是避免羽翼受到伤害，那就万幸了。

由此亦可知，拥有最长翅膀的信天翁，它们的变动翱翔才是最复杂而艰深的技巧。

我虽未见过，难免会好奇地想象，每只信天翁都是一位画家，它们竭力把天空当成一块大画布，尽情地挥洒，深奥而优雅地展现了变动翱翔的极致。

大多时候，信天翁以大 S 形的滑翔，游荡于海洋。然而每回从陆地起飞，或者寻找食物时，信天翁则多半选择在一个区域滞留飞行，因而采取了绕圈圈的螺旋形飘举。这是信天翁擅长的另一种变动翱翔。

※

多数幼鸟在初次飞行落海后，仿佛现代学子的第一次基础考试。在这次考试里纵使不及格，相信都会更清楚而深刻地体会到，海风是如此具体而又掌握不住的东西。

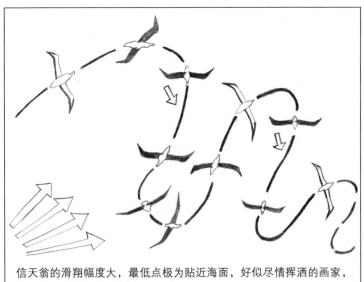

信天翁的滑翔幅度大，最低点极为贴近海面，好似尽情挥洒的画家，在空中画出流畅绵延的大S形。

 永远的信天翁

海风距离海面不同的高度，有着明显的落差。浪头和浪脚也截然不同。幼鸟必须学习如何用羽翼去适应、摸熟海风的脾气，把一种看似抽象的东西弄清楚。等下次再大考时，便懂得如何掌握了。

总之，风是具体的、看得见的。信天翁的飞行课程里，如何看见风，则是必修的学分。

在了解海风差异的这一堂课上，大脚是少数几个一次就过关的资优生。当它尾随海风下降时，一定充分感受到，羽翼所接触的风力在逐渐递减，它必须以清澈的视力和脑子，精确地算出风和浪交互作用的间隙，贴近那浪沟，轻快地划过。紧接着，在急速的瞬间，利用体重和降落所产生的重力加速度，结合从浪潮涌上的风力，获得足够的动能，轻松地向上反弹，举高自己，并改以腹部迎风，不费吹灰之力地飞回原先下降的最高点。如此周而复始，长久不落地。

信天翁就这样不断转换能量，下滑上冲，无须拍动一回翅膀制造能量飞行。这样上上下下乘风滑翔，前进。信天翁可以连续数小时，甚至数天都不需要挥动翅膀。单靠滑翔，就能永续飞行。

此即信天翁的变动翱翔。鸟类华丽飞行的最高境界。

诗的最精致情境。

对一般鸟来说，停留在空中数小时而不用拍翅，似乎是不可思议的技艺。但对信天翁而言，纵使只是小小的振翼，相信都会是一种对飞行的侮辱，恐怕也是一种非常危险的举动。

对信天翁而言，变动翱翔是一种类似马拉松的长程飞行，拥有真切、冷静和控制的乐趣。这是飞行技艺最高层次的享受和挑战。它的滑行表演，充满了高贵的尊严、骄傲。这也是信天翁最著名于世的飞行特质。

只要有风，它便能翱翔地球。

可是，如果一点风也没有呢？

那就真的很悲惨了。当风势太弱，信天翁只能选择在海上休息，或者觅食。据估计，信天翁的飞行至少要每小时十五公里速度的微风，才能滑翔。这种弱风有多小呢？试着想想看，人类的慢跑，速度约十到十二公里。只是风真的会小吗？成语说，无风不起浪。我们看海面上，到处有浪，就知道海洋是风的温床。至少在赤道以外的海洋，总是风来风去，信天翁根本不愁风的缺乏。

有些人因而简单地认为，信天翁不爱晴朗的日子，反而喜欢坏天气，甚至是暴风雨，这是可以理解的，也是想

当然的。因为唯有坏天气，才可能有各种海风。再如何恶劣的天候，它都能翱翔。但在允当的顺风下，信天翁是一辆飞行特快车。

过去，我们也常看到一些画家，喜欢在描绘暴风雨的海洋画面上添加一只信天翁悠缓地飞行，经过高耸的巨浪之旁，甚至以羽尖轻沾水面，从容地划出水纹，滑行而过，像一名绝世的武功高手。

这样的场景并非想象，而是在大自然的环境里屡见不鲜的真实场景。暴风雨的天气下，当许多水鸟惊慌地避离时，信天翁反而兴致高昂。它们俨然是暴风之子，坏天气仿佛是天地为它们安排的表演舞台。那划过水面的一刹那，只是向大自然宣示了自己微小而坚实的存在。

※

早先，我们在成鸟外出觅食时，忙着观察雏鸟的状况，虽然感受到成鸟的飞行美技，但根本没有时间仔细端详，或者是从中体悟飞行的奥义。再者，它们往往行色匆匆，飞行之从容绝少在近海表现。但幼鸟就不同了，因为是初飞，飞绕岛屿的时间较长，它们难免胡乱摸索，我们因而有了时间审视，进而予以两相比较。

海风继续由南往北，强大而温煦地吹拂过来。大脚不知何时，再度飞升到我们面前，仿佛专门为我们表演似的，背对着我们，展示了一次全世界最美丽、庄严的飞行。它的头朝东，挺着羽翼，南风从侧翼而来。它贴着风，持续让风带着走，又仿佛借着风，开出一条隐形而平坦的风路。

凡有风的海面，不同的高度就会出现不同的切层，风速由上往下减弱。大脚初飞，羽翼明显感受到各个切层的存在。其他幼鸟似乎没这信心，因而在这个阶段就是找不到风路。

大脚不只清楚地看见风路，还掌握了轨道。它平顺地飞翔，让风优雅地带到一处高点。紧接着，溜滑梯似的缓降。降、降、降，一阶阶，平稳地下降。旋即，贴近最下方的海面。不过，缓降的过程里，顺风而行的身子有了些微调整，背部开始承受海风的推送。

海平面是幼鸟初飞时，学习飞行最困难的空间。那儿风力明显地较上层空间微弱许多，大脚若不这样调整，无疑会跟其他幼鸟一样掉落海面。大脚因了这一鲜明的调整，飞降顺畅，继续保持在海面上滑行，甚而比其他幼鸟贴得更低。好像还能用翼尖点出浪花似的，划过水面，再转而贴着海面滑行。

关于翼尖点水，其实，我并没有确切注意到。田中凭着自己的第六感，特别注意到了，后来又提醒我的。田中相信，这是信天翁里的飞行老手才敢表演的动作。大脚初飞，就能展现这个高超的飞行技术，让他震惊不已。

大脚贴近海面，滑行一段后，旋即借力使力，转而向南，以自己的速度，再借助浪潮的风力，优雅地转向西方，再以内翼逐渐承接南方吹来的风力，绕了一圈，迅速地回升到我们眼前的高空。

接着，再一次朝东飞行，完成适才的滑行表演。如此不断地反复着，回到原点，或者是推动着自己往前。我们看了六七回，惊得目瞪口呆。它正在操练高难度的变动翱翔。

自此大家惊讶地见识了大脚的与众不同、对飞行的执着和任性，以及飞行的才华。作为一只幼鸟，无疑的，它不只是飞行及格了，而是不可思议地诠释了海风和信天翁的关系，以及信天翁的飞行美学。海风是信天翁生命里最亲密的朋友。驾驭风流，开发风力，和风一起飘荡。在这一启程的时刻，相信大脚比其他幼鸟更能深刻地体悟、享受最本质的飞行奥义了。

"没想到它的翱翔，学得这么顺畅。"田中兴奋地喊叫道。

"嗯，看来像一个天生好手。只是太冒险了吧。它可以简单地飞行，不需要如此尝试啊。"我虽同意，仍不免有这样的感叹。

※

没过多久，大脚逐渐飞移到大斜坡上空，似乎还没好好飞绕岛屿，就急着想看看大斜坡的样子了。我们也趁机再仔细端详它。果然，从它的脚胫，以及几乎收入腹尾的膝盖，我们分别看到了两个脚环，以及右脚的黑斑。

它朝我们的上空缓缓逼近，俨然要降落之姿。我们清楚地看到，那对伸得笔直、一大片狭长木板般的翅膀，结合着一副近一米长的身躯，仿佛造型怪异的十字架，朝我们迎空而下。那躯体七八公斤重，却在空中悠然飘浮，如纸片般轻盈。

紧接着，它在好像要碰触我们时，悄然静止于风中。世界也在那一瞬间停格。而它就在那我们触手可及的距

离，以似曾相识的眼眸，无邪而空洞地俯瞰着我们。大脚在跟我们打招呼呢！我顿时浮起诡异的悸动。

有些西方的老水手总爱告诉年轻人，信天翁乃去世的水手转世，游荡在大洋上，寻觅前世漂泊的灵魂，并前来探望朋友。是的，这一刻，我也相信，就是这么一回事了。大脚一定是我前世里某一个契合的生命，再度来跟我对话。

这一刹那，这一大生命，自天空庞然地逼近，让我更彻底地明白了，老水手对此种海鸟的激越情感。大脚想告诉我们什么，或者看到什么了呢？当我胡乱猜想时，一股强大的风流袭来。它支持不住了，很快地被风送走，像先前几只远扬，越过了鸟岛，滑入北边的海洋了。

所幸，一会儿工夫，我们又看到它努力地转了一个大S形，再度绕到鸟岛的南面，巡视家园，似乎也坚持着，待会儿从这儿离去。于是，大脚再度于我们眼前，表演了最后一个变动翱翔。当大脚滑降至海面滑行时，田中一直用望远镜追踪，激动地喊叫道："看到没有，它又再次用羽尖划破水面呢！"

我因不断地使用望远镜，有些头晕眼花了。但为了这一幕，还是努力地捕捉，果然瞧见了水面漾起白色浪花，但也不知是否为大脚的杰作，只见它在那水花溅起之际，好像借助了这一蹬，又没入高空，迅即远扬。这时多数幼鸟都已不见踪影，很可能有些已飞到岛屿的其他位置，也可能真如田中所判断，有些急着远离，飞到外海找食物了。海面上已没有鸟影。我们目送着大脚朝更远的海平线飞翔，仿佛它是最后离开的一只。

最后，当它的背影消失后，我不免有些感伤，毕竟自己也要离开鸟岛了，日后不大可能再看见大脚，或者其他幼鸟了。

这时草原空荡荡的，只剩下白色的文殊兰摇曳着，昨天之前，还有六十多只信天翁停留的栖息地，暂时安静了。我和田中以及三位助理有时相互对望，又或者继续抬头，尝试着再望远，尝试着再看到一点什么。

什么都好！最后，甚至连一只小小的蝴蝶的掠过，或者是蜻蜓的梭巡，都仔细注意着，仿佛它们都是信天翁的化身，但终于什么都无法发现了。

我们真的无事可做了，五个人疲惫地坐在大斜坡上，仿佛未离开的幼鸟，蹲伏在浅坑，继续感受南风的徐徐吹送。那失落的心情不免更加沉重。尤其是田中，每年都这样目送一群群幼鸟离去，好像一位校长，暑假时总要举行

长途的海洋飞行，
更需要悉心地保养，
狭长的双翼，
维护的工夫亦更加费时。
短尾信天翁羽毛的日常梳理，
恐怕是鸟类里最繁重的工作。

一场毕业典礼，送别这一期的新生。每年都得惆怅一回。两三年后，再看到它们回来。这是多么微妙的心境啊！

而我，眼看调查终告一段落，必须回台湾了，自有另一番惋惜的心情。田中今年秋天还会再回到鸟岛，其他人也有可能再来，继续观察短尾信天翁。但我再走访鸟岛的机会，或许就不多了。

这趟远行，尽管我对短尾信天翁的生态行为，有了更进一步的了解，但仍难免怀疑，这个研究是否对自己在台湾的离岛鸟类研究有所帮助。

毕竟，台湾已经没有信天翁繁殖了，十多年来，也只偶尔在外海，有过几回迷鸟的记录。

第三章

滑翔翼的天空

所有的装备和吊带都确定安稳了，我也牢固地扣住自己。连胃部都处于消化一阵后恰好不饱不饿，悬垂在一个空荡的位置，如星球挂在太空中恒常的位置。

　　我闭上眼，深吸一口气，感觉一种适合的干度，不闷不湿。除了风还未出现，随时都可以出发了。

　　背后的草丛里，一只山红头叫着，不断地发出"嘘"声，似乎在窥探，也在怀疑，我这样的陆地动物能够漂亮地起飞吗？

　　我继继闭眼，静心等候。未几，那早该出现的风，终于慢慢吹拂而来。我再深吸一口气，伸出舌尖，沾湿嘴巴外围，微微地测试风向。这是我多年的习惯，是向田中学来的，借此我更确切地感受到，那不是突然间到来的林冠之风，而是缓缓灌进的崖口之风，像涌泉一样，深沉而强大地从山谷不断地涌上来。

飞行时，一次错误的判断就出局了。起飞时，若要漂亮地迎空，条件也一样。

风来了！我知道机不可失，随即睁开眼。此刻的蔚蓝天空，总是明显地扩大，或者更加凄迷。

我果决地小跑七八步，跳离了海拔高达六百米的悬崖，奔向花东纵谷。

霎时，空气的浮力拖住了巨大的滑翔翼。我的双脚在同一时间里，像只起飞的鸟缩进了腹羽，轻盈地被帆布套袋托住。我再度像只信天翁，远离大地，航向了属于自己的天空。

※

那年回台湾以后，我莫名地迷上了滑翔翼。但到底是喜爱飞行呢，还是无法忘情于信天翁，感情上，我已经混淆了。

就像大脚等信天翁飞离鸟岛，我仿佛也因了它们的离去，微妙地脱离了一个从小出生成长的岛屿。滑翔翼带着我，飞进了另一个生活空间。

飞行运动在台湾有好几种，譬如飞行伞、热气球、轻航机等，但我为何会选择滑翔翼呢？后来猜想，大概是轻航机太吵，飞行伞太被动，唯有滑翔翼的飞行似乎最接近信天翁翱翔的内涵吧。

我继续待在鸟会工作，接一些当地政府委托的田野调查。平常，我已勤跑野外，少有闲暇了。参加滑翔翼的训练课程后，节假日更常不在家。

按常理，一个人若是平时努力工作，节假日总想在一个隐秘而安静的地方，放空一切，好好地休憩，但我刚好相反。为何如此，着实难以解释。后来我发现，像我这样平常忙碌于工作的人，到了假期继续寻找更大刺激的，反而不在少数。

也许，寻找更紧张、更具挑战性的简单娱乐，能让我们松弛平时的烦琐压力，连感情婚姻之烦恼都可暂时搁置一旁吧。

最初，学习飞行的地点在万里翡翠湾。那儿有一处平缓的山崖草坡，以及紧临海边的稳定风力，很适合初学者摸索天空。

报名初始，我还以为缴了学费，顷刻便能飞上天空。事实却和想象的有一段差距。

我们的课程是一对一的教学。

第一天上课，一位戴墨镜身穿飞行装扮的中年人，腰杆挺直地坐在我的对面，仿佛询问犯人般，劈头就问："你当过兵吗？"

因为扁平足，我很幸运，并未服兵役，但未等我回答，他似乎等不及了："你要有心理准备，想象自己在军队磨炼一般。"

我仍未吭声，仔细打量着这个年纪大我没几岁的人。他后来自我介绍是位空军退役军官，以前专开直升机。后来爱上滑翔翼，还到国外学习了一阵，获得证照后，才回来当的飞行教练。

"如果没有成熟的飞行决心，你是飞不上天空的。"他继续浇我冷水。

他摘下墨镜仔细瞧我："就算你运气够好，飞了上去，恐怕都下不来。"

这话是什么意思呢？我正在狐疑。

他又自顾说话："你若没有决心，会飞得很辛苦，感受不到飞行的乐趣。"

他似乎发现我的安静有种诡异，随即拿起我的简历再细看，小心说道："你应该比别人更懂得飞行吧，但实际操作和知识学问，还是两回事。"

又过了好一阵，他给我如此忠告："胖子学飞行，会比其他人辛苦百倍。"

我终于知道因由了，但教材里也没说胖子不能飞行啊！我不敢强辩，只简单回答："教练，我的学费已经缴了。"

他听了，苦笑着，半晌后点点头："好吧，浇了那么多冷水，你还不为所动，可见你很有意志学飞。你是我教过的最胖的学生。希望是最后一位。"

他为何那么强调呢，我隐然感觉，这是一种军队式教学习惯，先把自己的姿势抬高，压一下你的气势，让你唯命是从。他比较喜好教学。所谓胖，只是一个借口。下一个来报到的人，即使骨瘦如柴，我看一样也会有地方被他挑剔嫌弃。

那天的第一堂课，主要是装备的认识。他讲得很详细，也发给我不少讲义，我才赫然发现，光是一部滑翔翼的装备，就跟鸟的身体一样复杂，遑论未来的飞行学问了。

第二堂课仍在陆地，在一间小房间里，听他叙述滑翔翼的飞行技巧。

 永远的信天翁

为了减轻上课的枯燥，两堂课讲到半途时，他都以自己在空军初次跳伞的经验作为比喻，显见军队的生活对他影响很大。

谈到飞行，他从不掩饰自己会大放厥词。在他的世界里，只有飞行最伟大。对他这类充满军旅思维的人，我也有某种微妙的观察心得。他若是你的长官，喜爱大谈往事，夸称自己如何如何，他的要求也一定会比照自己当时的训练，甚至更严苛。

奇怪的是，那时我自己也不知被何种意念驱使，竟然默默地接受了这样的飞行教练。大概是星座相克吧，魔羯遇到了射手，就是莫名其妙地，愿意接受这样的折磨。

此外，还有一个很微妙的因素让我接受了他。他啰唆时拉高脖子的样子，让我想起了史努比，那只老态龙钟的

信天翁昂首拍翅的模样。我隐然感觉，飞行教练纯然是因为喜爱飞行，才来教学的。任何人只要对飞行有兴趣，他都会热情地传授自己的经验。

他的飞行哲学是，天空是一个人的，没有男女之别、胖瘦之分。最后一句话是我加的。但从他高傲的表情，我深信那句话，他早就含在嘴里，只是未说出而已。

多数初学者开始试飞，都有教练在旁边陪伴，进行双人翼的飞行。他果真有信天翁的精神，一开始就希望学习者能自行操作。

"你看过鸟陪着鸟飞行吗？认命地想办法单独起飞，克服恐怖，成长更快。"

第二堂课，他这么说时，我深表赞同地点头。但戴着墨镜的他，再次拉高镜架，露出炯亮的眼神，打量着我那臃肿的身躯，似乎怀疑我在逢迎。

他并未吭声，等教到一半时，才严肃地说："陈照雄，拜托你，平时在家多做做举重和吊单杠，甚至进行跑步的练习。你现在这样的身子是上不去的。"

尽管没有直指我的身材过于臃肿，这样坦白而残酷的建议，对我而言已经充满嘲讽。从我身上，他似乎慢慢学得了一种如何调侃胖子、又无歧视之嫌的技巧。

后来，他便乐此不疲地在我耳边不断咕哝。比如第三堂课，我开始到户外练习飞行的起步，为了激励我，他陪我一边跑，一边大声地碎念着："如果不好好减重，全世界最大的翅膀，都无法把你送上天空。"

又跑个十来米后，这么刻薄的话也冒出了："看你这样子，就知道你研究的一定是鸵鸟、火鸡，绝对不是老鹰。"

其实，学习飞行跟体重的轻重并无必然关联，但飞行教练显然认为，一个人的毅力和耐力，还是得靠这样的互动激发。或许是欣赏他对飞行的执着吧，我倒也忍得住他的故意嘲笑。

毕竟，他每回总是穿妥自己空军时代的飞行服装，比我先到飞行场等候。他那种专注和认真，对教学过程的尊重，更让我觉得，吃这点苦一点也不算什么。再者，他也不会随便揶揄，尽管语言充满挑衅，却几乎都是在刺激我继续努力。

在这个初飞过程中，我比喻自己为信天翁雏鸟，现在是最肥胖的时期，明显地比双亲还来得巨大，好像吃了太多海鲜似的。但没过一阵，当羽毛长出、需要大量消耗能量时，体重就会开始下降。等羽翼丰满，比例完美，身体的重量接近成鸟，就适合起飞了。

有一回，我把这个信天翁的观察经验告诉飞行教练，他听完，笑得合不拢嘴，但随即感叹地跟我说："莫非，我已经是老鸟了。"

我不太懂他的意思，突然察觉他的眼神里有种黯然，又有一丝忧伤。但随即恢复，换成另一副开朗的面孔，再次以一贯的严厉口吻，浇我冷水："在我们这一行，对了，我是老鸟，但你还是菜鸟，而且是体力比年轻人还糟的菜鸟。你若是信天翁，恐怕早就被淘汰了。"

没想到，他还懂得举一反三。我苦笑着望向他，仿佛在怀疑什么，让他有点心虚。尽管戴着墨镜，我想他的眼神一定很尴尬。

日后要在天上飞，势必得吊挂在套袋里。为了习惯这个日子的到来，我特别请工人在客厅角落钉了一根单杠，没事时，就把自己那肥如小神猪的躯体，吊挂在单杠上。

初学习时，我成天念着飞行这档子事，不管到哪里都练习拉手把的姿势，连搭乘地铁时，抓着车杆就想挂上去，腾空自己。

两个月后，起飞的技术还是练得七零八落，但在教练的严格督导下，身体却意外地比过去轻快了，身上减掉的

  永远的信天翁

肥肉足足有四五公斤。体重如此顺利下降，让我既惊心又快乐。若花数万元，上减肥中心半年，恐怕都不一定有这样的成效。

以前常听人说，飞上天空之前，先要通过体能、心志和耐力的种种折磨。原本我只当耳边风听听，没想到不过几个月，我竟充分地体验到了。就像信天翁幼鸟的养成，除了身体重量的递减，每天蹲伏在浅坑，忍受长达近半年的风吹日晒乃至饥饿，还要不时地梳理羽翼、展翅，这些都是初飞之前必须修行的课程。

※

滑翔翼是由坚硬质轻的铝合金空管、尼龙翼布和钢索等组成的，线条远看像个宽胖的等腰三角形。飞行时，飞行员必须头仰着，身子裹在一个类似虫蛹的帆布套袋里，垂挂在铝架上。

初次凝望着滑翔翼时，我随即比较起信天翁的翅膀。人类最早发明的滑翔翼，翼形跟信天翁、翼手龙一样，但为何发展出三角翼，主要还是考量到受风的面积，以及操控的方便。

我在上第一堂课时，就清楚认识了滑翔翼的功能。它的翼面跟鸟类翅膀的作用相似，靠着下方的空气产生上升浮力，将伞翼往上拖，这是最基本的飞行原理，跟我理解中的信天翁的完全一样。

教练在介绍时，我还很多嘴地从鸟类的飞行活动出发做了许多补充，包括自己在鸟岛观察信天翁的过程。他听完了，似乎有些好奇，却硬着嘴皮说："理论再多，也飞不上去的。这只是作为我们彼此沟通的开始。"

尽管我喜欢插嘴补充鸟类飞行的知识，让教练有些颜面挂不住，但他似乎也渐渐察觉，我的一些鸟类观察，能从不同的飞行层面提供参考，这是他以前滑翔时很少思考的。或许是这个原因吧，后来他对我愈来愈少趾高气扬了。

初步认识滑翔翼后，接下去的课就有些困难了。关于飞行的初次体验，其实还可分为两个大阶段：跑步起飞和升空滑行。

每个飞行员都会记得首次跑步起飞的经历。虽然那只是练习腾空，离开地面，和飞行仍有段距离，但我的感受仍历历在目。

当天，天气清朗，海风饱满而强大。我扛着巨大的滑翔翼，站在翡翠湾的斜坡草地上，既兴奋又紧张。那种渴望的期待，令我不免想到了短尾信天翁幼鸟的起飞心情。

"先闭眼，呼吸，放松心情，再睁开眼。记得每次飞行，都像飞机起飞一样慎重。一步一步，按我先前说的。"真正要起跑时，飞行教练的耳语不再严厉，反而出奇地温和。

"感受到风了吗？"

我点点头。

"好，很好。那是什么样的风？"

风还有内容之分？真像信天翁。起初，我觉得有些困惑，但还是凭直觉回答："强大而温和的海风，朝我吹来。"

"很好，这样的风是我们最好的朋友。你可以起跑了，让它带你到另一个空间，一个我们从未去过的世界。"他的温柔鼓励，简直像诗般，我顿时有些感动。突然间，我回想起自己在鸟岛巴望信天翁幼鸟起飞的心境。

紧接着，当海风吹起，我在教练的示意下，快速小跑。突然间，海风迎向身体，我随即毫无控制力地腾空。那瞬间，我感受到幼鸟起飞时的错愕了。就不知，信天翁是否也有那种突然丧失重量、挟带着些许恐惧，却又被快乐簇拥的飘浮心情。

上了天空，好奇妙，才离地那么一点点，我随即察觉到，自己的实体转化成了虚无，死生似乎变得轻盈许多，甚至有些豁出去的豪迈。

但教练可不允许我继续往上，才一升空，他马上指示，快点降落。滑翔翼的飞行速度快，爬升力强。相对地，需要较大的滑行降落空间，一如信天翁。但信天翁降落时可以用肚腹滑行，我们哪能禁得起碰撞，因而精湛、适切的操控技术，势必得不断演练了。

我才短暂离地，在飞行教练的命令下，随即迅速着陆，但下来时，出了小小的状况。

猜想是担心太多，过于紧张吧！操作铝杆时，我竟忘了如何收尾，下降时，完全来不及思考所学的要点，最后只好慌乱地拉着滑翔翼，努力让自己回到地面。笨手笨脚之下，一着地便跟跄跌倒，差点摔个倒栽葱。

飞行教练竟然相当称赞我的领悟力。他还说，毕竟是研究鸟类的人，懂得飞行。我猜想他是站在鼓励的立场，害怕我受到挫折。再者，上了天空，若用责骂的方式，反而会让学员紧张，造成更大的意外吧。

等我练过十来次起降，熟悉了三角翼的掌控技巧后，飞行教练才准许我拥有更长的滞空时间。

起飞后，第一次升空滑行的新鲜经验，相信很多飞行员也曾拥有类似的感动。

没想到这辈子竟能由上往下眺望，仿佛上帝般俯瞰人间大地。那种飞离地面，从高空鸟瞰大地的视野，以及自我掌控带来的兴奋快感，大概是一辈子都难以忘记的。

但这等奇妙，恐怕只有那么六七秒的快感。作为一个新手，马上就得面临残酷的操作考验。我无法继续从容地欣赏风景，也没时间思考陆地的种种烦恼事情。更糟糕的是，头痛、想吐的不舒服伴随而现。

我要克服的是这些现实状态，必须极力压抑，全然专注地抓着铝架。如果一个闪神，瘫痪在半空，或者不小心掉落了，后果都不堪设想。

在空中，你梦想着自己像只信天翁，滑翔翼是翅膀。但这种浪漫情境，对一个初学者来说，还是遥不可及的梦。

我只能通过静静地滑行，努力达到静态翱翔的初航标准。什么寻找风力动能、绕圈飞行那等复杂的飞行技术，都还未发生。光是维持着飘浮，就足够我在天空忙乱了。

那种忙乱，虽不值得称许，但似乎从这时起，才能忘记身体的存在。当我起飞、全身托进套袋、以俯卧的姿势、靠双手掌控操作杆在天际翱翔时，我的身体就是一个虫蛹，不再是自己的，只剩下头和手。我像一只蜻蜓或蝴蝶，身体随着滑翔翼有节奏地起伏摇摆。

我称自己的这个阶段为昆虫期的飞行。在这个阶段，学到的都是简单的基本动作。当遇到不稳定的乱流时，我努力把鼻翼往下压，下降至气流较稳定的区域后，再度拉起滑翔翼，攀着气流，顺风滑行一阵，又可顺利回到上空。初飞时，这样小小的成功，让我既惊喜又感动。

等熟稔了，懂得了前后调整速度、左右掌握方向，飞行似乎也就在某一个程度里，被自己轻易地操纵了。

日后再回想，这段开始学飞的日子，双脚离开陆地那一段时间的紧张，或许是人生最彻底的、有着不再认识自己的情境。你变成了另一个人，或者才知道真正的自己是谁。

那时，我仿佛是个失去身体的人，只剩下一颗头颅活着，一切都是空气。身体是空气的一部分。那颗头，也只剩下思考，失去了肉体的感应。过去，我以为精神最为重要，实体是假的。没有精神的躯体，生命是不真实的存在。在飞行的世界里，我才清楚地体会到肉体存在的必要性。没有肉体的附身，灵魂就不具意义。你有一种失去自我的茫然和害怕。你不是怕摔落，更怕的是，捉不住自己。

出发了，

离开陆地的感想如何？

飞上去的，

仍在地面的，

都充满疑惑和兴奋。

但不论哪一种心情，

第一次的离家，

都要先环绕岛屿，

仔细认识家园，

并且，向它致敬。

"初飞的过程，其实是重新寻找真正自我的过程。"当我升空时，飞行教练不再随便斥责了，转而以一种哲思的语调，让我好生惊讶。

他似乎把我当成某一同类的族群。相对地，透过我对鸟类飞行的认识，他似乎也看到了另一个层次的飞行，我们可以彼此讨论了。

我也努力地透过滑翔翼的体验，感觉自己的另一个真实存在。那一年看到信天翁幼鸟初次起飞，多半会有一种奇妙而困惑的心情。现在回想起来，更加笃定，或许从那时起，幼鸟恐怕才了解到真正的信天翁是什么。在陆地时期，只知道自己是一只鸟。而我呢？

※

经过初级课程后，我听从飞行教练的建议，开始购买各种器材。这可是相当昂贵的休闲运动。我在鸟会工作薪水不高，初次消费，天啊！就花了近半年的积蓄。

教练列出的飞行装备，真让人大开眼界，远比第一堂课时还多。那不只是一架滑翔翼的费用。飞行时，周边还必须带着一些不可或缺的配备，诸如手套、太阳眼镜、备用伞、飞行专用安全帽等，任何一样物件都不能少。

还有一些奇特的器具，过去都未曾想到，什么保护脚踝的飞行鞋、防寒用的飞行衣，以及放置升降仪、罗盘等的飞行平台。十九世纪末，滑翔翼发明，初次升空后，经过漫长进化、研究，终于能愈飞愈远，也愈加安全。这些不断改良、延伸出来的奇特器材，功劳不小。

升空前，凝视着这些器具，我不免有些生疏和困惑。然而，一旦飞上天，熟悉天空的状态后，好奇怪，那就不只是视野的改变。这些看似奢侈浪费的小器物，变得非常珍贵而必要。平时一得空闲，我就小心地保养、擦拭，生怕它们损毁。这些都是升空必备的器具，必须像羽毛一样小心地检视。

等到熟悉了初步的飞行，在进阶的课程里，我才慢慢地学会如何转弯、调节速度，以及控制降落的程序。

以前都是短距离的直线飞行，现在要尽量在同一地绕圈、盘飞和降落了。

"圈圈不要绕太大！"飞行教练再三耳提面命。

"怎样才算大？"

飞行教练笑道："每个人都有自己的习惯，你一上去，大概就感觉得出来的。直线飞行不要太久，不要绕太小的圈，以至于影响自己的掌控，那样的绕圈就对了。"

我到底练习了多少次绕圈，已经忘记。总之，每次落地，飞行教练都会问我一些环绕的感觉。或者提醒我，他在地面的观察。直到有一回落地时，他不再问我。我才确定自己过关了。

有能力在空中绕圆圈后，那才意味着，天空接受了我。我才有了信天翁翱翔的初步感应。那种阶段，就好像以前只是在草原拘谨地徜徉，现在终于能自由地奔驰了。

一旦能飞上天空、懂得绕圈了，接下来就是学习寻找气流。

那阵子，飞行教练常跟我一起，站在空旷的草原上远眺。

"看到那朵云没有？你先告诉我，哪一边是迎风面？"

我指着尖锐的云端："云太高了，我飞不到那里。"

"慢慢来，有一天自己就会跟云对话。没有云，我还真不知如何飞行。"

我听得一头雾水，但觉得观点很稀奇。总觉得他跟其他飞行教练很不一样。后来我才知道，当时这个俱乐部知道有一位鸟类专家要来学飞行，大家都避之唯恐不及，只有他毫不考虑就答应了。

"好日子时，整天的云大概不会变化太大，参考它飘去的方向，我们可以预估气流的发展，拟妥更好的飞行策略。"

飞行教练认为，每一块云都有它的特征，让我们加以探讨。有云的地方就有气流。飞到云层下，很容易找到气流，切进去，向上盘升。这是很高超的飞行技术，我只能姑妄听之。但他一提到这种飞行心得，就欲罢不能，简直把我当作飞行高手在分享。

"看到燕子没有？"飞行教练兴奋地指着几只在草原高空盘飞的燕子。

"那是洋燕。不会迁徙的留鸟。这上空一定有飞虫。它们在捕食。"我以鸟类专家的角度解说。

飞行教练点头："幸亏你懂鸟类，但我要说的是气流。云或者有时离我们很远，但燕子飞行的地方，一定有气流。你在滑行时，可以寻找鸟类。这方面你应该更有能力。"

飞行教练的提醒，让我蓦然惊醒，竟忘了其他鸟类也能提供盘旋的线索。比如大冠鹫、松雀鹰和黑鸢，相信都会提供这样的气流讯息。我想象着未来升空后，看到这些熟稔鸟类的美好。

开始辨识云层后，接下来还有一个重要课题——风。

每一股风的吹拂，我都会尝试用脸颊和手臂细腻地感应，甚至用舌尖去接触。我进而发现，风在天空果真有好多种成分和变化。不论冷风热风、快风慢风，不同的风都会提醒我，该如何操纵滑翔翼。我努力地从风的成分去把握飞行的过程，开始和风有了更亲密的对话。

等天上的风变得如此有味道时，就跟吸食鸦片一样，飞行的乐趣难以戒掉了。

在风和云的学习中，悠游的我，视野也更加扩大。开始想学习一些有关气象以及滑翔翼的原理，乃至于摸索山岳辨认和地理定位。

我也常不自觉地思索着飞行的问题。走在路上，仰望天空的时间比任何人都长，也看得入神。一朵云的飘浮而过，或者一阵风的吹拂，都让我惊心地痴醉，或者神经敏感地绷紧。

反之，对地面的社交和人世价值，渐而有了一种微妙的豁达态度。比如，面对烦琐的工作压力、人世的纷扰，还有自己未来的前途，我都不再像以前那么烦恼，似乎只要能飞行，任何一切都无所谓了。

每天人在地面走，心里念的却是天空的世界。从鸟会办公室窗口远眺，我都在寻找气流，或者观察天候，担心着节假日的状况；我的生活，似乎全都在等待着节假日的

飞行。还好，上班的同事都是喜爱赏鸟的朋友，看我如此热爱飞行，也习以为常了。

※

有一回，我飞下来了，飞行教练邀请我喝咖啡。我很讶异，困惑地望着他。

"通常，起飞是大事，既然学会了，就必须庆祝。"他慎重地说。

我们在翡翠湾的一间咖啡屋喝咖啡，外头就是海岸。不时可看到，一些飞行伞滑过天际。

"学会滑翔翼的人，对飞行伞或许不会有兴趣吧！"在等咖啡时，我感慨地说。

"那倒不一定，两种的力道和视野是不一样的。飞行伞比较从容，其实我一看到你，就想劝你学的便是飞行伞。"

"为什么，因为我是胖子？"我故意调侃他。

他尴尬地耸耸肩："滑翔翼比较复杂吧，但知道你懂鸟类，我就不想规劝了。"

服务生把咖啡端来，放在桌上。精致的瓷杯，黯黑的液体，不断地冒出白色的热气。

"你看！"他撕下一小片纸巾，用指尖捏在杯子上方。只见纸片因热气微微地颤动。

我有些惊奇，依样画葫芦。

"在天空，我们不只要随时判断气流在哪里，还要评估气流的大小。咖啡的气流缩小在一个杯子的空间，流量相对地比较集中。"

他把纸片当成翅膀。纸片在杯子上方微微抖动着。他模拟着，盘飞到一个高度，滑出咖啡杯之外。放手，纸片颓然落地。

"我们若能目视这样的环境，掌握方位，飞行时就更加轻松，不用紧张地每分钟都在天空寻找气流。"

"这么强大的气流，山谷最有可能产生吧。"我以自己的鸟学经验，揣测着。

"果然是鸟类专家。"飞行教练称赞我。

虽然他常这样阿谀，但这回我听得出是真心话。

"嗯，但山谷也最危险，"飞行教练很诡异地说，"不过，你可以面对更新的飞行技术。"

"什么技术？"我很好奇。

"不，就当我没说吧！"他摇摇手，似乎觉得有些失言。

"这样太扫兴了吧！"我的好奇心被挑起，急着追问。

飞行时，他是老师，喝咖啡时，他似乎变成害羞而内向的学生。好不容易，他缓慢地开口："这也很难叙述，在天空，有时就会遇到很怪的风流，科学也讲不清楚。"

他这么吞吞吐吐，我更加乐意聆听。

"我在搭飞机时，常听到广播说什么前方有乱流。我想讲的，大概就是这种风吧。这种风在滑翔翼的飞行高度里，当然非常少，但偶尔还是会出现。"

"你要讲的是什么？"我有些不解。

他似乎安心了，讲得便更加明白："总之，我一直期待有一天能够遇见这样一股气流，是横向而来的，我可以借着它横向而行，滑落，再滑上，再滑落。"

"你说的是鸟类的翱翔？"

"对，像信天翁。"

"你也懂信天翁？"

飞行教练搔搔头尴尬地说："我只是猜想。"

我可是很好奇他对风的感觉："你提到的风，能不能更具体地形容？"

飞行教练有些不解，但又似乎很高兴我对这个议题充满兴趣。他悉心地再解释："那风是不稳定的。无论如何，我们会在这样的飞行里思考，好像会看到更多人生的内涵。"

我听得入神，很怀疑眼前的这个人不只是一个飞行教练。飞行对他而言，已然是生命的一部分了。

飞行教练感叹后，又继续补充："有一天飞久了，你或许也可以看到更清楚更微小的自己吧！"

我听不太懂他的意思，正想继续追问。

他双手一摆，拒绝我的追问，只顾答道："当你飞进去了，或许就不会想出来。如果出来了，恐怕会觉得很虚空吧。"

我很惊讶，他最后竟如此感伤。我以为像这样严谨而充满责任感的人，飞行的梦想一定是超越某种局限、抵达某种艺术情境的，哪晓得竟是如此脆弱。

※

后来有阵子，我单独在咖啡店，每当咖啡端到眼前，我都会直盯着那热气腾腾的杯子，然后折一个纸片放到杯子上，仿佛那是我的羽翼尖端，静静感受热气流。

或许是对鸟的知识娴熟，我的飞行比一般人更快速地进入状态。有一回滑翔落地，飞行教练冲过来，帮我卸下

即将起飞前夕，
引颈企盼的幼鸟，
总是对海风充满更大的敏感。
多数时候，它们望向南方，
好像海风随时会跳着舞愉悦而来，
迎接它们离去。

装备，不自觉地夸赞我说："你真是聪明，再这样训练下去，你会成为台湾最胖、但最会飞的人。"

没想到他会用这种话跟我开玩笑。

熬过入门班的艰苦后，我陆续又添购了无线对讲机、高度计、风速计，以及 GPS 卫星定位仪等装备，当所有配备挂在身上、飞行在天空时，我俨然是一名科技战士。那时在天空滞留的能力和时间，明显地增长了。

更重要的是，我那包裹在套袋里的身体，终于和伞翼充分地结合，重新找回了实体的存在。

刚开始飞行时，身体不是自己的。那种无奈和惶恐终于摆脱了。身体不仅回来，重新和头颅结合，也跟翼面连接。这时，飞行才形成更清楚的、我的生命之存在。

同样地，我所俯瞰的大地，才更加具体写实。如果，我只是一颗头，在天空飞，那是没有壳的灵魂。我的飞行只是一只风筝，不是信天翁。现在，连滑翔翼都是我身体的一部分了。

我迎着风时，或者借热气流上升时，不再思考如何驾驭的问题，而是在风中冥思，在云之下游走，面对着更多生活的奥义。最具体的启发是，我研究鸟类多年，如果自己不曾亲自飞上天空，如何以鸟类的视野，思考一件事情？

渺小虽虚无，但若放在正确的空间，就会变大。我仿佛发现了自己的原力。飞行可以为生活的价值，也可以为寻找自己的另一种可能而存在。飞行是最具体的自我追寻。飞行把抽象的生命态度，清楚地实相化了。

※

有一回在南部飞行，我正享受着随热气流升高的快乐时，旁边出现了另一架滑翔翼。

不知它是何时出现的。一般飞行员在空中邂逅的机会不多，因为难得，彼此会相互做手势鼓励。我却无打招呼的兴致，反而有着受到干扰的不悦，继续保持自己的盘旋和高度。对方原本跟在后头，见我未搭理，他还努力地小绕超前，飞到我的前头，略为摇动翼面，似乎期待着和我一起比翼。

我却使劲逸出，滑向另一个空间，表明了不想偕行的心态。那时，我俨然明了了飞行教练的心境。空中虽大，一个人的单纯心思，就会将它塞满，容不下太多复杂。只有孤独，才能看清飞行的本质。

没想到，我只是急着摆脱对方，却忘了逸出太远。等我使用 GPS 定位，赫然发现自己为了避开干扰，意外地飞过头了，明显地超出了限定的范围。

我努力寻找气流，看到旁边一处开垦地，试着接近，很幸运地找到了上升的机会。我拉得很高，再慢慢地盘飞而上，滑行回原来的限制区域。

折返飞行场时，我看到飞行教练早早就在地面伫立。很显然，整个过程，他都看得一清二楚。我猜想降落后，势必遭受责罚。可是，那天他一句话都没吭，好像没发现我的过失。莫非，他也很难拿捏这样的逾越？这个小小插曲，让我有些不安，却又充满微妙的惊喜。

※

在滑翔翼翱翔的世界，台湾地区的飞行地图，并不呈一个番薯状，其实它的天空是破碎的，无法连接，散落在岛屿的不同角落。我相信，地球上每个地方都相似。

北部翡翠湾、头城，中部南投虎子山、花东纵谷的寿丰鲤鱼山，台东鹿野和屏东三地门等环境，各自拥有一块飞行的天空。想要飞行，翱翔者必须专程到那儿。我约略知道，鹿野的缓坡是美好的飞行航道，翡翠湾的草坡是碧草如茵的家园，三地门的天空则是岛上最辽阔、自由的世界。

除了地域受到严格限制，每一个飞行员飞上天空的第一堂课，都清楚明白，在岛上飞行时，也非每个山峦和平原都可以任意翱翔，而是处处另有规定。

接近都市乡镇上空、飞机航线的范围，又或者在电线、高压电的上风处徘徊，都得尽快折返。海岸线更是飞行边界，进入海洋，远离海岸，意味着飞行失控，那是最危险的状态之一。滑翔翼看似自由自在，其实受限颇多。一个人能够翱翔的天空，其实相当狭小。

航空部门的规定，或者是飞行场地的环境，都会形成无形和有形的疆界。纵使是最开阔的天空，如三地门，飞行的空域不过就是一个长约六十公里、宽三至五公里、飞行高度一千米以内的立体空间。

有阵子，当我在街道上行走、望着天空时，总会好奇地想象，假如有一架滑翔翼，或者是飞行伞，滑行过城市的上空，那会是多么有趣、惬意的景象。而如果有上百架，是否更像一个嘉年华呢？但这是痴人说梦，城市是滑翔的禁区。滑翔翼只能在原野，就像信天翁只能在海洋。

其实，鸟类的飞行世界亦然，信天翁更是如此。我们以为有了翅膀，就能任意高飞，其实不然。最难以置信的便是信天翁。在滑行时，它或许拥有数千公里无须休息的漂泊天赋，但也非全世界各地海域都能前往。

大自然早已框出一个无形的天地，在每一只信天翁的脑海里，形成一个领域之图，而且一代传一代。在这块飞行地图里，短尾信天翁看似拥有辽阔的家园，但飞行的禁忌之地，恐怕也不少。

比如，北太平洋仿佛开阔的草原，任它们恣意来去。白令海、加州外海等地则是它们群集觅食的丰饶渔场，而阿拉斯加外海的冰原区最适合翱翔。相对的，它们也知道，哪些地方不适合前往。这些地方散布在海洋的中心或边缘。冷酷意境的北极，海岸线绵长森冷的陆块，诸如亚洲陆块、北美陆块，都是穷险之地。而到了炎热的海域，那儿是赤道无风区，短尾信天翁的飞行无法施展，更不能前往。

至于信天翁的飞行高度，我们始终注意信天翁的翱翔，关心它们的著名滑行，却忘了其实它们飞得并不高，多半在海面以上到三百米以内的高度。它们是觅食的漂泊者，并非迁徙者，不需要借着高空的飞行，飞到另一个国境去。严格说来，它们大多只活在某一个狭窄的夹层

永远的信天翁

空间。

※

　　还有一回，我架着滑翔翼自鹿野台地升空，远眺着绿岛，或者是想到这种拘限吧，突然萌生感慨。飞行教练总是再三告诫我们，不能飞离陆地。如果飘到外海，那儿风流大增，危险益加，或许就飞不回来了。

　　降落陆地后，我向飞行教练请教："万一掌握不住，真的飘到外海呢？"

　　"如果接近绿岛，还无法操控折返，你就得赶紧呼叫求救，或者跳伞求生了。"飞行教练似乎担心我另有盘算，连忙补充说，"这里的范围已经够大了，干吗飞到海上去自讨苦吃？"

　　我刻意不吭声，表示抗议。他似乎很不满意我的反应，贴近身旁，大声说道："你真的很无聊。"

　　后来，我再查核资料，还没有人冒犯过此一禁忌呢。就我的理解，对台湾的滑翔翼选手来说，绿岛其实已经是可怕的边界和禁地了。假如我的滑翔翼滑行到绿岛，恐怕会遭到严厉的指责。若是越过绿岛，朝东飘去，恐怕就是朝死亡飞去了。

隔天，我们前往花莲飞行。一位飞行场助理开吉普车，送我们上抵鲤鱼山电台转播站附近的山顶。这处山顶有一个凹口，飞行爱好者都知悉此一滑翔断崖，但只有少数高手敢从这儿纵身跳下，进行滑翔翼的操作。

那天天气清朗，非常适合滑行。我先跳离断崖，飞行教练紧跟于后。跳下后，我随即快速升空，让教练跟上，然后一起比翼，滑行于开阔的纵谷上空。飞行教练希望以今天的表现，考量我是否能够再升一级，进行长距离的越野飞行。

我一脱离陆地，教练就紧跟在后，但飞行没多久，我旋即忘记了他的存在。事实上，我也刻意忘记他尾随于后。他也很有默契，慢慢地远离我，不希望我有太多压力。

逐渐地，我被另一个世界的突然到来深深震撼了。这儿土地色泽的丰饶和开阔，无疑比过去俯望的景色更加精彩。我鸟瞰着下方，东华大学的精致校园，还有一块块不同色泽的碧绿农地、草原，以及暗棕色的休耕地，华丽地铺陈开来。

大地之绮丽，透过鸟瞰所呈现的奇特而流动的风景，往往让人忘情地赞叹，陶醉在这样的俯瞰情境里。我仿佛

  永远的信天翁

滑进了童话世界，一个孩提时梦想的情境。

　　飞行时，最忌讳出神、忘记观察周遭，飞行教练过去屡屡提醒。偏偏我被瑰丽的风景吸引，并未察觉气流的变化。在我着迷地享受时，不知为何，伞翼竟快速抖动，似乎有一股无从解释的奇怪乱流侧面而来。

　　我还未会意，随即又有一股陌生的冷意涌上，让恍神的我慌了手脚。脑子空白了一阵才惊醒，上头不知何时，云层浓厚了。整团乌云已然顺风追上。其实，一开始飞行时，我就注意到这团乌云，只是没料到它接近的速度之快，超乎我的想象。我尝试着紧急下滑，试图降到风速稳定的高度，但一切都来不及了。

　　等到重新掌控，那强大的乱流已把我卷到海岸山脉，逸出了规定的飞行航区。我也不知飞行教练是否察觉我的航向偏离了，或者当他发现时，我们已经相去甚远。

　　我往飞行教练的方向望去，见他在遥远的西边，只剩一点小黑影，似乎仍停滞在东华大学附近。我在海岸山脉这一头，有股强大的乱流阻隔着我们。不知为何，那团厚重的棉花云始终紧紧跟随，我整个人已经慌乱，不知如何逃离。

　　以前听花东纵谷的老人说过，海岸山脉若有乌云，今天就不会有好天气。我放弃了往飞行教练的方向滑行。棉花云所形成的上升气流相当强大，我的飞行能力还无法驾驭。或者更诚实地说，根本难以适应这乱流的拉力。

我毫无抵抗之力，就被这毫无章法的气流快速拉高。偏偏这团乌云随即带来间歇性的豪雨。一个意外已经够麻烦了，两个意外的重叠，往往会造成致命的危机。我若未控制好，恐怕会在风雨中被乱流吹送到外海去。不要说无法回到预定降落的寿丰飞行场，恐怕连陆地都难以降落了。

我知道情势危险了，一时情急下，冒险逆风转向。哪晓得这种举措，可是一大失策。我不由自主地一边打转一边陡降，连备用伞都来不及取出。我心里慌乱，想的都是完了，完了。

所幸快要着地前，我控制了失速，慢慢地平稳下来。只是高度不够，周遭已经无风，我被迫降落了。还好，下方是花莲溪河口的沙洲，除了茅草和卵石，几乎都是平坦的沙地，想要找到允当的降落位置并非难事。

我着地时，只想安全，也顾不得姿势，却未算准沙地松软，落得一个狗吃屎的翻转姿势，沾了一身湿臭的污泥。

每次从海上起飞，
短尾信天翁不只要借助海风的力量，
还得快速地奔跑，
比在陆地上还要辛苦地冲刺，
方能迎向天空。
这种忙碌于生活的情境，
迥异于岛上的轻松起飞。

飞行教练果真是飞行高手，不知何时，竟也在另一边的河床飞降了。他也不问青红皂白，跑过来就大声责骂："你被大地迷惑了，被骗了。你怎么可以在天空漫游，完全不注意自己的位置？"

看我未搭腔，他才语气低缓，关心地问道："有无摔伤？"

我猜想，自己大概是第一个在花莲溪河口迫降的滑翔翼选手吧。

回到练习场，飞行教练走过来。我以为他又要开骂了，低着头，故意忙着整理装备。

"如果是我，"他停顿片刻，"我会趁势滑出去，反正都已经犯规了。"接着低声说，"以你的飞行能力，应该可以顺着海岸山脉南下，滑行到秀姑峦溪去。太可惜了，这样的机会不多。"话一讲完，就调头走人，留下我呆愣了许久。

此事过后，我遂有了不同想法，转而反省，自己是否不够勇敢。毕竟，这种天候与机缘是上天刻意安排的，难得一现，我却害怕地放弃了。

后来我发现，许多滑翔翼的老手，往往期待这种千载难逢的机会，大展身手。他们正好可以借由这个天候不佳的理由，冒险飞出外海，避开平时一定会处罚的规定。飞行教练大概就是这个意思吧。

遗憾的是，我再也没机会追问他这个问题了。并非不想问，而是来不及了。没隔一星期，我接到滑翔翼协会的紧急通知，他在台东出事了。

他在利吉恶地形上空，带领另一个学员滑翔。那是我们都相当熟悉的地点啊，他怎么会出事呢？我无法相信这个事实。

下午，我搭飞机赶到现场时，跟随他学习飞行的学员难过得不知如何解释。他描述说，那天气流正常，一切都按照规矩，他在前方飞行，飞行教练在后面。

接近中央山脉山谷时，很奇怪，就在那一瞬间，似乎有一股怪异的气流到来。这位学员试着把自己拉低，等他完成、回头望向飞行教练时，却发现飞行教练消失了。他左看右看，这才发现，飞行教练已经飞向山谷，距离他很远。最后，他只看到一个小点，倒栽下去，快速地掉落到森林里。

飞行教练是否跟我一样，遇到了相似的乱流呢？但以教练的能力，应该不难驾驭啊。我在困惑中，参与了简单的悼祭活动。

吵嚷的诵经声中，我心绪纷乱，却不知如何抒发。当大伙儿以飞行之礼向他告别时，我悄悄地离开会场，单独开车，前往他失事的山区。

我站在一座车辆往来的大桥上，按着那位学员的描述，茫然地远望着那个他失事的狭长山谷。

他为何甘心冒犯飞行禁忌，突然转向呢？莫非看到了清楚而渺小的自己，一如他先前所说？

突然间，我记起，有一回我跟他提过，最近一些鸟友才发现，许多灰面鵟鹰秋天时常迁徙经过此地，在山谷上空盘旋、打转，隔天再滑行离去。它们在此滞留的飞行，无疑就是陆地上的变动翱翔。

我相信，飞行教练一定记得这个鹰起鹰落的地点。难道他真微妙地感受到了这股鹰扬之风，好奇地飞去探视？

他势必像一只鹰，清楚地感受到了这股风流的强大和魅力，决定飞进去，随风逐流，进行更刺激的滑翔。

容我更大胆地说，这是一个人的生活价值。他受到这种意义的感召，突地转向山谷，迎接山风的吹拂。生命里有些事，是很难解释的。他的家属应该难以明白他的意外罹难。我跟着他学习，彼此切磋飞行的知识，因而有了另外的了然。

他应该是在这最后一次的滑翔里，遇见了梦想中的飞行情境，不想出来了！

  永远的信天翁

神秘的脚环

夏末时，兰屿的鸟类调查告一段落。终于腾出几日空暇，可以休息一番。自从飞行教练失事后，好一段时日未操作滑翔翼了，我打算明天到翡翠湾，升空徜徉。

回到家后，随即取出堆放在小储藏室的装备，逐一擦拭。许久未飞行，竟有些陌生的感觉。这样的疏离，让我有些害怕，一度不知是否该继续整理下去。整理的同时，飞行教练的身影也不断浮现脑海。我只好先放下工作，晃到其他角落。

这时才注意到，大概是母亲吧，把一封挂号信放在我的计算机桌上。初时，还以为是某一推销广告函，但一看赫然是封手写的信。

什么时代了，还有人用邮寄来联络？我仔细端详，更奇的是，信件发自基隆北方，孤悬于东海和太平洋交界的

　永远的信天翁

彭佳屿，投寄者也是个陌生人。

我虽然搭船去过北方三岛海域赏鸟，却不曾登陆彭佳屿。看到这封奇怪的信，不免有些困惑。

一拆开信，里面随即掉落一个物体。仔细捡拾一看，赫然是一个陈旧的大脚环。乍看下，仿佛小说《魔戒》里的指环，让人吓了一跳，迫不及待地展读信件内容。

陈先生：

　　您好。我是一名驻守彭佳屿的士兵。很冒昧写这封信给您。

　　我叫刘家维。以前，在学生时代，就加入鸟会了。那时，每个星期几乎都会参加鸟会的赏鸟活动，跟着资深鸟友到处赏鸟。有一次，我还在鸟会的例行活动中，听过您的系放专题演讲，记得题目跟离岛的候鸟生态行为有关。

　　去年大学毕业以后，未考上研究所，我就先去服兵役了。许多人当兵都害怕调到外岛。调到彭佳屿，相信不少人也觉得很倒霉。对一个喜欢赏鸟的人如我来说，却好像中了乐透大奖一样。来到这里，除了站岗外，工作很轻松，有不少时间可以观察这个离岛的物种，尤其是一年四季，候鸟的来去，更让人着迷。以前上大学时，一直想要来此赏鸟，却苦无机会，没想到当兵时，居然实践了这个梦想，实在是太幸运了。

很抱歉，说了这么多废话。我会如此啰唆，主要是想让您了解我的背景。好了，言归正传。总之，您是我很尊敬的鸟类专家。我知道您一直在进行离岛的鸟类研究，因而觉得把这封信寄给您，应该是最恰当不过了，相信您在拆信时势必看到了，我特意包在信纸里的大脚环。

事情是这样的。七月十五日，下午雷阵雨后，因为天气变阴凉了，我趁机到岛上东端的草原散步。那儿平时我们很少前往，尤其是夏天，天气闷热异常，更不会无端走到那儿。不过，春天的时候，远远地望去，白色的百合花到处盛开，非常漂亮。我对这个景观，印象特别深刻，因而那天特别想过去捡一些种子。准备日后回台湾时，分送给朋友栽植。

我只身走入草丛里，寻找百合花的种子，结果，走到一处浅草区的空地，意外地看到了这枚脚环。我参加过鸟类的系放工作，知道一般脚环都很轻很小。根据我浅薄的鸟类知识，这么大的脚环，而且有一点小小重量，势必是一只大型海鸟的遗物，但就不知是什么鸟了。难道是白腹鲣鸟，或者更大的？

我原本想留存下来，作为当兵的纪念，就像平时搜集的海豚骨头和贝壳。后来仔细想想，还是觉得不应该藏私。最好是寄给一位相关的专家，说不定，我发现的是一枚很重要的脚环，对像您这样专门研究的专家，应该会有一些帮助。于是，在退伍前一个星期，寄上了这封信。

祝

野外平安

鸟友　刘家维　敬上

信一读完，想象这个人在离岛的生活，以及观察鸟类的快乐，我不禁莞尔。再举起脚环，才一检视，就觉得有些异样。

这是一个橙黄色泽的脚环，比一般的尺寸还大。不，应该说是大了许多，比我们平常人所戴的戒指直径都还要宽阔。一看就知道，这绝对是非比寻常的大鸟才可能套用的脚环。

地点既然在彭佳屿，我随即联想到少数可能会在那儿栖息的白腹鲣鸟、大水薙鸟等，但这些大鸟的脚胫恐怕还不够如此粗壮。

没几秒，我从那颜色和脚环的尺寸再推敲，那脚环还真像魔戒般，散发一种致命的吸引力，我顿时有种无可抵挡的敏感。心头浮升一个惊疑，难道是短尾信天翁？

脚环上还有如蚂蚁般细小的字眼，最近视力有些加深的我，急忙用放大镜细瞧。局部放大后，眯眼端详，结果读到了脚环的编号：TOJ ST ALB 1995 F006。

TOJ，猜想应该是日本鸟岛，TORISHIMA JAPAN。ST，无疑为Short-tailed的缩写，短尾的意思。ALB，是Albatross，信天翁的英文缩写。1995，代表套上脚环的年份。F，则告知它是一只雌鸟。006，当然是这只雌鸟的编号了。

看见这个号码，我的手不禁颤抖起来，因为那是很熟悉的一个号码。

难道是大脚？怎么可能是它？我无法形容这种近乎奇迹似的巧合所带来的震撼。一时间，我的情绪上下起伏，难以抚平，急忙开启计算机，点入自己的鸟类资料库里查证，一边试图让自己冷静下来。

我混杂着奇妙的兴奋和预感，却又有些不可言喻地害怕。我颤抖着，再把那脚环的号码打进搜寻的键格里。没

白色的羽翼像铺了历年来最大的雪。
七年了，大脚从赤道回来，
接近彭佳屿时，
大概最接近这种羽色体态了，
那也是它身体最为强壮的时候。

多久，计算机上便将我预期的号码身份，完整而清楚地显露出来。

这个脚环确切地告诉我，真的是大脚。几十年来，台湾少有短尾信天翁的记录，没想到大脚竟然在台湾的离岛出现。

是它！我雀跃地几乎狂叫，随即如从云霄飞车上坠下，心情掉落到谷底。怎么会是它呢？我有些难过，没想到竟这样遇见老朋友。

每一个脚环，都可判断一只鸟的行踪。通常，我们若捡到脚环，往往意味着这只鸟已经死亡，才可能找到完整的脚环。这个毫无损伤的脚环，在陆地上捡获，当然无疑地间接告知了，大脚在彭佳屿结束了生命。

七年了，经过如此长年的风吹日晒，没想到那橙黄的色泽依然可辨。

这七年，它是如何过的？第七年时，大脚应当处于亚成鸟的阶段。当它最后落脚彭佳屿时，那历练过大洋的身子，想必是羽翼最为丰满亮丽的时候吧。

话说回来，相对于其他信天翁的长寿，大脚只活了七年，如果是误触渔网丧命海洋，那倒也可理解，但它竟然命丧岛屿，怎么会这样？况且，大脚的脚环竟然诡异地出现在北纬二十五度的彭佳屿。究竟发生了什么事？

望着手上的脚环，想到信天翁在大洋的长年漂泊飞行，想到早就没有短尾信天翁栖息的彭佳屿，再想到大脚已经死亡，我不免心头思绪纷乱又困惑重重。

※

我环视屋子，试着寻找当时的笔记本。这才发现，从鸟岛回来后，一堆相关的资料一直堆放在屋角，未再拆封。每次旅行都是这样，记录了许多自以为重要的事物，搜集了一堆资料，但一回到之前的旧秩序里，旅行时的物件再如何重要，似乎都是另一个时空、另一个我的事，逐渐被搁置，甚而遗忘了。

我走向那堆资料夹，从堆积着蛛网和尘灰的档案夹中，取出一摞当时的野外笔记本。掸拂一些尘埃，翻开最厚的那本，有些纸页竟湿黏地叠合一起，像许久未飞行的翅膀，难以振翼。

我快速地翻拨，过了好一阵，带有霉湿气的笔记本，才如羽翼般迅速地上下拍动。一页一页看着，里面密密麻麻，注记了每天跟短尾信天翁相处生活的资料。有些还是当时现场的观察和素描，还有跟田中一行人讨论后，再整理的宝贵心得。没想到自己回台后，竟将之弃如敝屣，还好现在又有机会重温往日时光。

我陆续找到了几则关于大脚的注解：

"不守规矩，喜欢游荡。"

"好几次走入草丛里。"

"它似乎吃得不多，很容易远离父母的巢区。"

"大脚是这批雏鸟里最顽皮的。"

在鸟岛时，套上双脚环的雏鸟们，理当是我们观察的重点，每一只都定时记录外形变化、行为模式，等等。当时，我们私下戏称这批雏鸟好比资优班学生，总是受到师长们较多的关注。观察久了，我自己针对每只雏鸟，也不免有些批注和情绪性的描述，好像在撰写学生的操行评语。

那时我会如此地操神，对大脚提出担心的语汇。现在想来，不免无奈地苦笑。而今这只顽皮的雏鸟竟以一枚脚环，横躺在掌心，这是多么嘲讽而痛心的事啊！

一只信天翁，就这样死了？不！我不相信。这一刻，我愕然察觉，自己对大脚的情感竟如此浓厚，哀恸如丧失亲人挚友。

另一方面，我继续被先前的问题缠绕着。大脚为何不是在海洋意外死亡，竟然是陆地？它为何落降彭佳屿，而不是其他岛屿，或者是回到鸟岛？

我隐隐然感觉，脚环之出现，这一微小露出的冰帽之下，或许存藏着一个错综而复杂的生存之谜吧。

※

诚如我过去的认知，综观短尾信天翁在台湾的记录，彭佳屿早年虽有繁殖的事迹，但那已是太平洋战争前的事了。一九八〇年后，台湾的赏鸟记录较为全面性以后，平均每两三年，全台湾地区也只有一两次短尾信天翁的记录，其他的信天翁几无发现。

再核对，它们被发现的时间却是相当平均，不论暴风雨或正常天气，几乎每个时节都有，并不尽然是繁殖期。我着实难以从这个线索判断，大脚何时出现在彭佳屿较有可能。

才一开头就摸不着头绪，我有些沮丧，抿着嘴唇，一度想放弃追探。

大脚会为了觅食抵达这儿吗？我当然不信。光是回顾过去短尾信天翁数量稀少的记录，就知道可能性不高。如今鸟友都把这些少数的个案记录视为迷鸟。但大脚是迷鸟吗？若是迷鸟，为何在陆地出现呢？我继续在这个老问题上打转。

否决了觅食之可能后，我转而思考，大脚从哪里飞来的，还有在它落脚之前，去过哪些地方。尽管只有一个脚环，但基于对大脚的感情，我还是胡乱地在网络上搜寻，企图找到任何一丝线索。

这样海底捞针的方式，当然不可能有任何进一步证据，但我意外地发现了一则有兴味的消息。大约三四年前，有一对短尾信天翁在夏威夷海域中途岛的小岛上试图繁殖，只是并未成功。

这则讯息，激发了我的思索，难道大脚也在寻找新的繁殖地点？要不它为何落脚彭佳屿？短尾信天翁是不会贸然滞留陆地的。

我折出一只信天翁的模型。那是我在鸟岛时，一位助理教我折的。我们借此讨论信天翁的翱翔飞行过程。我再度模仿信天翁的滑翔，尤其是有些复杂的"变动翱翔"，无聊地猜想滑出脚环的前因后果。

我想象着七岁的大脚，优雅地划过水面的美丽画面。大脚初飞就懂得掠水，相信日后应该也常常享受这等飞行情境，甚至在暴风雨中，昂扬而炽烈地穿梭。

那七年，大脚一定来回飞奔于北太平洋上，但这样就满足了吗？会不会北太平洋对它而言，还太小了呢？

问题似乎复杂了，但回想过去的事时，总是忍不住溢出了脚环之外的追探。

夜深了，依然难以入眠。突然间，看到整理一半的滑翔翼还散落在屋角，想到明天就要出发，反而没有过去的兴奋和期待了。

我再从屋角的旧资料箱中翻寻，未几，找到一本报告。那是前年收到的一本太平洋候鸟学术讨论会的集结报告，里面有一篇研究渔网伤害海鸟的调查。

当时在翻读时，看到了几张短尾信天翁的照片附在报告上，还特别花了些时间翻读。

一边翻阅时，起初并未想到那批在鸟岛的幼鸟。但这些照片里，有两只尾随于船尾、捡食垃圾的信天翁，误触了渔网，被拍照留证。结果，其中有一只的左右脚各套有一个脚环，只是颜色不甚清楚。

为了追查大脚的下落，我急忙寻找期刊上的联络邮件信箱，试探着发信，联络发表此一报告的作者——美国鸟类学者欧威尔。

※

过去的档案夹旁边，还有一个小纸箱，差点忘了它。我小心地取出，打开来，里面存藏着三四片信天翁的蛋壳。

它们都是从鸟岛带回来的。雏鸟孵化后，这些蛋壳往往被遗弃在一旁。我特别捡拾几片保留下来。没想到，当初悉心运回，后来竟不在意它们的存在，若非整理资料，恐怕都忘了。

鸟类在树巢或树洞里下的蛋，外壳往往薄而脆弱。暴露在荒野的蛋刚好相反，或许是为了抵抗风吹日晒，或者是预防猛禽之类的侵袭，短尾信天翁的蛋壳外皮相当粗厚。

这三四片粗厚的蛋壳，若未记错，其中有一片应该就是大脚的。那是我帮大脚套脚环时顺便捡拾的，只是记不得是哪片了。

我抚摸着其中一片，想象着一只雏鸟在蛋里长大，每日听到海洋的风涛之声。相信它们从小在蛋壳里，一定隐隐感觉到，自己与生俱来是要吃苦耐劳地准备在海洋搏斗。

我更相信，这等厚壳，雏鸟在破击时，一定得花费相当的时间才可能挣扎而出，而那也是成长的训练、飞行之前的第一堂课。

※

清晨醒来，昨天想了太多短尾信天翁的事，精神不济，我决定放弃到万里飞行。吃完早餐，意兴阑珊地把昨天取出的滑翔翼，放回储藏室。

打开信箱，赫然看到欧威尔的信。老天，居然这么快就回复我！果然是赏鸟人，虽然不识，大概站在关心海鸟的立场，快速而热心地回答我的探询，随信还附上了好几张当时一起拍摄的数字照片。

我逐一放大，仔细对照，想要查证到底是哪只信天翁，但那些照片并非百分百的清晰，也很难确定是否有黑斑。

这封回复的电邮虽然价值不高，却让我突然想到，自己怎么那么糊涂，竟忘了马上联络田中。

田中仍在日本短尾信天翁研究中心工作，主持田野调查计划，每年秋天持续前往鸟岛。世界各地若有任何短尾信天翁的讯息，都会汇报到那里。他也会悉心提供相关资料，让有心研究的人获得第一手资料。

我兴奋地就着电脑桌，立即写信给他，向他索取当年那班资优生的资料。这个时节他应该不在鸟岛，而在东京的研究中心。以时间来看，我判断早起的田中，说不定就

第四章　神秘的脚环　　149

坐在电脑桌前，正在分析短尾信天翁的资料呢！

※

敬爱的田中先生：

许久未联络，我是照雄。你还好吗？鸟岛一行，我迄今仍难忘。或许是我这辈子最难忘的经验。很抱歉，回来后，居然迟迟未跟您联络。

我另外想向您请教，不知那年我们套脚环的资优生，这几年是否都有消息。尤其是大脚，我对它印象最为深刻。我是否可以冒昧地跟您调取相关的记录？当然，以后我若有相关报告提出，一定会注明取自您主持的研究中心。

敬祝

平安

陈照雄　敬上

为什么我在写给他的信中刻意未提及脚环，只是特别提到想要索取当年那批资优生的完整资料，原因我也说不上来。也不知是否跟彭佳屿的历史有关。冥冥之中，好像

借着秘鲁洋流带来的海风，
以及丰富的海洋生物，
加拉巴哥信天翁方能在赤道栖息，
一代绵延一代，
滑翔出赤道最诡异的飞行轨迹。

有一股奇怪的力量在诱引我，好像是往生的大脚，只想通过脚环跟我对话，说一些只有我才可能理解的语言，而我必须单独赴会。

果然，我没猜错，没过多久，田中就回了一封英文信。信上也附了这批资优生当年迄今被记录的档案。

亲爱的照雄：

别来无恙。

谢谢你持续关心短尾信天翁的记录，我一度以为你离开鸟岛后，就放弃了观察信天翁的乐趣。随信特别附上七年来有关这些幼鸟的资料。希望这些资料对你的研究会有所帮助，让你更加清楚了解这几年那些幼鸟的行踪。

很高兴你提到大脚，我永远忘不了那一年它的表现。在寄出档案时，我特别检视了一下资料。很奇怪，它竟然在漂泊为成鸟之前，飞到南边的海洋去了，真让人百思不解。大脚着实是只非常特殊的信天翁呢。

我们真的也很幸运啊，竟能在那一年看到它的出生，与它做了朋友。现在想起当时被它喷上胃油，反而觉得特别愉快而欣慰了。有关那一班孩子的资料，我都附上了。假如你还需要其他任何资料，请不用客气，再告诉我。尤其是大脚的任何讯息，我很乐于分享。

田中幸二

光是看到他如此快速回函，而且附上丰富而完整的档案，我便相当感佩他的无私和慷慨。反倒对自己隐藏了脚环讯息，感到些许不安和歉意。何况，当年在鸟岛调查时，田中便对大脚特别关心。

打开田中附上的庞大档案，里面详细地列出了这批幼鸟七年来各地的发现记录。

当年共有六十多只飞离鸟岛，其中有三十五只我们都在其右脚套了一枚橙黄色的脚环，也有套上两枚脚环的资优班学员，被视为重要的个别研究对象，以便接下来追踪调查。

经过这七年，很不幸，已经有八只确定死亡，都是被外海渔船的延绳钓钩扯而死，因而获得记录。

至于当年套上双脚环的十来只幼鸟，则有五只留下记录，分别是信二、雅子、黑杰克、大鸟和大脚。

这些当年飞离的幼鸟，栖息的范围多半集中在堪察加半岛、阿拉斯加、温哥华外沿和夏威夷等传统的栖息范围。其实，大抵说来，夏威夷以北，整个北太平洋的海域都是它们活动的家园。渔船或鸟类研究单位记录到的，有些是在近海不小心捕获，再释放而记录的，也有少数是在船尾觅食时，被辨认出来的。

这几年的行程里，大脚的记录共有八笔，相较其他资优班的成员，它的记录并不多。为何记录较少？原来，其他资优班的成员有好几只，在外海漂泊两三年后，就习惯性地飞回鸟岛。比如雅子、大鸟便是，其习性资料相当丰富，都可单独整理成一份简单的报告。

行迹付之阙如的大脚，游荡内容大抵如下：

编号	时　间	地　点	状　态	备　注
1	第一年五月六日	阿拉斯加半岛外海	飞行中	脚环辨认，提及黑斑
2	第二年五月九日	堪察加半岛外海	飞行中	脚环辨认，提及黑斑
3	第二年十月二十三日	温哥华西岸	飞行中	脚环辨认，提及黑斑
4	第三年五月十八日	阿拉斯加半岛外海	海面觅食	脚环辨认
5	第三年八月九日	白令海	飞行中	脚环辨认
6	第五年十月十日	夏威夷群岛外海	飞行中	脚环辨认
7	第五年十月二十三日	约翰斯顿岛外海	飞行中	脚环辨认，提及黑斑
8	第六年十月八日	基里巴斯，圣诞岛海上	渔人捕获	三天后无恙释放，迷鸟？

这张简单的列表虽无法详细地证明什么，但大致仍可看出一些它的去向端倪。

大脚在前三年的成长阶段里，主要仍栖息于短尾信天翁传统的生活领域里，欧威尔记录的时间则和第四笔的位置相近，说不定，大脚就跟那些误触渔网的信天翁在一起觅食。

从资料研判，在信天翁集聚最多的阿拉斯加半岛，大脚有两年在相似的时间出现，可见它在初期的成长阶段里，相当服膺于族群生活。

早年民间一直有个偏见，由于信天翁善于飞行，总爱形容它们无所事事，到处游荡。其实不然，它们飞行千里，目的无非是觅食。广阔的海洋并非每个地方都有丰富的食物，短尾信天翁和其他信天翁一样，都有特定的飞行目的。

它们总是前往食物丰饶的水域，捕捉喜爱的鱼虾和乌贼等。锐利的视野，以及特殊而巨大的鼻管构造，让它们善于追寻鱼虾在水里的气息。当一些现代捕鱼船以精准的卫星定位锁定鱼群的位置，赶赴目的地时，往往会发现，信天翁群早在那儿梭巡了。

至于前往白令海，那儿是短尾信天翁最北的领域，一处夏天的丰富觅食场，许多短尾信天翁也去那儿，大脚的出现，一点不足为怪。

到了第五年，大脚渐有亚成鸟的体态和羽色了。从档案的资料得知，那一期的幼鸟多半也都回到鸟岛见习。譬如黑杰克、治虫和信二等雄鸟，还有雅子等雌鸟，都在大斜坡外围蹲伏。另有一两只，都有练习繁殖的行为了。

这时，大脚却选择往南飞行，这个行径颇让人困惑。尽管位于北回归线的夏威夷群岛，还是少数短尾信天翁出没的地点，但一只尚未成年的信天翁，日后竟然有可能滞留一段时间，未免启人疑窦。

我好奇地寻思着，没有回到鸟岛的大脚，为何会出现在夏威夷群岛，而且没多久，又继续往南，飞到纬度更低的约翰斯顿岛。那儿已是短尾信天翁栖息的极南边界，鲜少短尾信天翁滞留的记录了。尤其是最后一笔记录：

第六年十月八日　基里巴斯，圣诞岛海上　渔人捕获三天后无恙释放，迷鸟？

怎么会呢？我浏览至此时，不禁惊呼，思绪翻腾。那是短尾信天翁不可能去的地方啊……

大脚这个异常的行为，让我把玩着脚环的手，渗出了汗。

※

我马上再去信田中，希望获得短尾信天翁在此一小岛和附近海域活动的历年资料。

田中很快地又寄了一堆最新的调查数据。他在信上附记着：

照雄：

　　我猜想你一定也看出，大脚在赤道附近现身颇为蹊跷，才会想要调阅相关资料。不瞒你说，去年接获记录后，我便搜集相关讯息研究了一番。遗憾的是，我们之后就没有它的消息了。大脚真的很特立独行，我好期待再目睹它翱翔的英姿。无论如何，期待你的高见，请千万别吝于分享。

田中幸二

除了道谢外，我还是没有多提什么。倒也不是想藏私，而是以为自己最好先了解到一个阶段时，再跟田中讨论才不会冒失，或者才不会让人觉得自己胡乱骤下定论。

仔细核对田中寄来的记录，近十年来，在约翰斯顿岛记录到的，包括大脚，只有很少的三笔。纵使我有些许的疑惑，这个最南的位置，毕竟仍在短尾信天翁活动的合理范围，不容置疑它的出现。

但是到了第六年的十月，它竟然出现在赤道附近的圣诞岛，这地点就很不可思议了。假如你是短尾信天翁，恐怕也会感到震惊，因为这个地点，从未有短尾信天翁的记录。

田中提供的资料，除了大脚意外被捕获，也无其他种类信天翁的资料。

全世界十四种信天翁，有三种分布于北半球的北太平洋海域。一种加拉巴哥信天翁局限在加拉巴哥群岛和秘鲁间的赤道海域。其他都集中于海洋辽阔的南半球。那儿才是信天翁的大本营。广阔的赤道无风带，俨然一个地理大障碍。它像一个不适合多数生物生存的沙漠环境。但加拉巴哥信天翁为何可以在赤道海域栖息呢？原来那儿有一股秘鲁洋流产生的区域性的海风。

大脚最后一次的记录，看来是被渔船的延绳钓捕获，因而才确知地点。

近代远洋渔船布放的延绳钓多钩钓，在海洋作业时，每每施放长达数百米的饵线。这种渔法，在钓饵未完全沉入水中时，经常吸引许多海鸟，诸如燕鸥、水薙鸟、穴鸟、鲣鸟、海燕等来抢食饵食。结果，不少海鸟也因此误食，不幸被鱼钩钩住，随着饵线的拖曳，一路被拖压、翻滚，沉入水中溺毙。许多信天翁也意外地死于这种捕鱼作业里。

大脚很幸运，被渔民捕获时，还安然无恙，三天后也在原地重新释放。报告中，备注为迷鸟，其实是合理的。

再回头比对，距离上一笔记录约有一年时间，大脚是否北返再南飞，还是一直待在北回归线以南的海域？或者更早就出现在这么偏南的地点？它是为了某种食物，或者为了繁殖，还是另有其他目的？

试想，这是第六年，在它开始有繁殖能力时。那年的幼鸟，除了失踪和死亡的，查对记录，几乎都飞回鸟岛，寻找对象，准备繁殖的工作了。单单只有它，远离了族群，放弃养育的责任，游荡到从来不属于短尾信天翁的领地。

按常理，大脚绝不应该前往那儿。南北两头的信天翁也不会交集。信天翁如果飞往赤道，仿佛人类宣告自己要离开地球一般，大概永无回来之日。

当它南下时，它在想什么？一只信天翁的家园意义，在它的脑海里，又会形成什么样的地图呢？翱翔途中，它是否知道自己正在冒险？正在前往一个不适合栖息的领域，甚至逼近死亡的边界？

我随即猜想，会不会因为台风的关系，影响了大脚的飞行航线，或者是诱引它南下？

我马上发信给气象局的友人，索取当时该地的气象资料。同时，再上网查询，结果未找到任何相关的台风讯息。未几，朋友也回函，那个年度的十月，不仅没有台风，连个恶劣天候的日子，都未出现在这个地区。

尽管拥有气象的数据，我还是不敢骤下判断，因而再试着假想任何一个可能的线索。纵使是最难以出现的概率，而那种情形也真的发生了。

譬如，刚好有一个不明的暴风发生，逼使得它来不及脱离，只好往南躲避，但未料到又有暴风接连而来。它被迫愈飞愈远，暂时远离了惯有的生活圈。后来，在圣诞岛附近觅食时，又不小心吃到远洋渔船施放的钓饵，因而被捕获。

或者，环境变迁了。譬如，暖化的结果，气候发生异常，造成海洋生物栖息范围的剧变。大脚在觅食的过程里，一路追随着鱼群，不小心飞到这里。

然而，这种大尺度的变化，影响的是整个族群，届时

飞往赤道的不会只有大脚，它的同伴们也会一一跟进。

又或者，会不会它得了某种失忆症，或是罹患某种疾病，脑海中的地图指南混淆了，以至于飞航的方向一时错乱。就像许多鸟类，莫名其妙地出现在不该出现的地方。

在台湾，类似的状况不乏先例。很多罕见的鸟种，甚至未在台湾地区野鸟图鉴出现的鸟种，就出现了几次。那些鸟种，若翻开世界鸟类的分布图对照，都离台湾地区的环境甚远。大型鸟类如秃鹫、白尾海雕便是。小型鸟类更多，诸如日本歌鸲、黑腹滨鹬也是鲜明的例子。

说不定，大脚遇到了相似的状况。这种无从叙述的怪异现象，让它莫名地出神了。纵使它的滑翔技巧再高明，也难以克服这种临时出现的生理因素。以前赏鸟，我们常在海岸沼泽等环境邂逅一些不可能出现的迷鸟，除了天气恶劣使然，也有可能就是这等情景。

我也猜想，那年，飞行教练会出事，大概他也是一只迷鸟吧。

想到飞行教练，我又陷入困惑的情境。唉，人和鸟混淆了。我闭上眼，不愿意再想。这一闭，竟累得在座椅上睡着了。

在梦中，我扛着滑翔翼，走在赤道太平洋的沙滩，准备到海里冲浪。我不知滑翔翼如何冲浪，但很可能是无风的关系，我尝试着用冲浪让自己离开小岛。我一直冲，许久之后，抬头一看，飞行教练正驾着滑翔翼在天空微笑，他像信天翁一样，慢慢地逼近我。他不断地看着我，愈来愈近。等我再细瞧，又变成了信天翁。我继续在海水里载浮载沉，最后被一阵涌起的大浪吞没……

惊醒时，已经早上九点钟了。接连两天执着地寻找大脚的线索，脑筋都快打结了。迷鸟？暴风？唉，我想我可能永远也无法厘清大脚为何一路飞抵赤道。我意识到自己的局限，不该再被信天翁绑架了。决定开始度假，先是费工夫清洗生菜，又煎了荷包蛋、培根，夹入法国面包，佐配低脂牛奶。在波切利激越的歌声中，抖擞地享用早餐。接着，打算找本轻松的书阅读，消磨时光。

我走到书架，刻意避开了原文书跟鸟类生态的区域，想从文学类的书籍里找一本好看的小说。

我的目光触及游记和旅游指南的书列时，不禁停了下来，眼前一本四个月前出版的游记，突然吸引我的注意。那是中国航海冒险家李鸣生搭乘帆船横渡太平洋的故事。

说好不再碰触信天翁的事，但看到这本书，灵光一

  永远的信天翁

闪，急忙取下。

其中几页露出一条条的便利贴标记。我着急地翻阅，找到其中一页，当时在一段话上，画了红线。

十月十二日，李鸣生在每天必定书写的日记里，写下了如此的见闻：

在赤道无风带航行了好几天，一点海风也没有，果真是无风之区。每天帆船只能航行数十里，随海水漫无目的地漂流。我每天无所事事，一会儿顶着阳伞阅读《白鲸记》，一会儿在船尾放线钓鱼。下午二时，勉强起风了，许多海鸟飞过，连最大的信天翁都兴奋地出现了。

那是一只羽翼很长很大的信天翁，翅膀摊开来比我身高还长，背部黑白交杂，嘴巴大得出奇，像泡泡糖的粉红色，顶端浅蓝。它慢慢地接近我，用一种很奇怪的眼神凝视，好像在问我做什么。我不用望远镜都清楚地看到，它的左右脚明显地各有一个脚环，或许是鸟类专家套来实验的，都有些褪色了。印象中，其中一个接近橙黄色。它尾随了好一阵，大概是找不到食物吧，才随风飘走……

这是作者在基里巴斯，圣诞岛以东两百公里海域航行的见闻。我会注记，因为当时读到就觉得不可思议，怎么会有信天翁在赤道出现？禁不住怀疑作者会不会错认了其他大型鸟类。然而，回头检视李鸣生所描述的翅长，的确是信天翁。

北太平洋共有三种信天翁栖息，除了短尾外，还有黑背和黑足两种。但这两种都没有李鸣生在日记里描述的特点。李鸣生虽然不识得种类，描述也很粗浅，但熟悉的赏鸟人应能轻易研判，那八成是一只短尾信天翁。

三种信天翁里，只有它拥有粉红色的嘴喙，再者嘴尖又提及浅蓝，也不像分布在南半球的种类。更何况，那只鸟的右脚套有一个橙黄色脚环，这是大脚出生那年，我们为部分幼鸟套上的脚环颜色。

只是，那时虽曾想起资优班，但随即因野外调查工作吃重而顺手搁置，未曾追查。日子绕着调查、报告打转，遂逐渐淡忘了。啊！冥冥之中，上帝似乎有所安排。当初，我偶然买下这本书，阅读到一些讯息，虽不甚在意，但此刻我却无心插柳地走到这一排游记前，猛然回想起遗忘的相关讯息。

百年前，短尾信天翁栖息彭佳屿时，

白腹鲣鸟也大量繁殖于棉花屿。

它们集体飞行时，天空每每像一朵灰云遮蔽着。

怎知渔民竟来此大量捕杀，

导致它们的身影在岛上迅速减少，

最后终究放弃了小小的家园。

事情竟那么巧合，一个从未出现信天翁的海域，突然有只短尾信天翁出现，而冒险家李鸣生正好在附近航行，同时目击到这只意外的访客。李鸣生看到的时间和捕获的时间相差仅仅四天。天底下哪有这么巧的事！我大胆研判，李鸣生看到的这只信天翁成鸟，十之八九可能就是大脚了。

我真恨不得能马上联络作者，追问他是否记得另一个脚环的色彩，或是其右脚膝盖上有无斑点。我不禁叹息，如果大脚身上装有追踪发报器，一切就明朗多了。真好奇，大脚在赤道一带待了多久？无风的日子，它怎么飞行呢？它在等风吗？是否趁着作者提到的那阵勉强的风，返回北方？如果一直等不到风，日后要返回北方的海域，恐怕得等到暖流往北漂流时，慢慢地在海面划动，才可能回来吧。

脑海里浮现一幅滑稽的漫画。图画里面，一只信天翁，把羽翼当作双桨，慢慢地划动着。

假设这只短尾信天翁可以活到四十岁，若真的划行，恐怕划到老死，都难以抵达北回归线。我自己操纵滑翔翼时，难免会设定一个飞行的禁忌，相信对信天翁来说，若是往夏威夷南方飞行，抵达北纬十六度的约翰斯顿岛，恐

怕已是一个极限，更何况赤道附近的圣诞岛。严肃地说，按照常理，大脚出现在赤道，其实已经宣告自己的死亡。

但大脚不愧是大脚。那只遗落在彭佳屿的脚环清楚地证明，它已从赤道归来。虽然它如何飞回北方，无疑仍是疑问，但既然能够勇敢地横越数千公里，要再飞回来，应该也不是难事吧！大脚自幼虽展现殊异的飞行本领，但我万万没想到，成年之前，它的飞行能力竟达到这般强悍的境界。赤道行，仿佛是它提早给自己的成年礼，以不可能的任务，展现高人一等的翱翔天赋。它简直就是短尾信天翁界的传奇代表。此刻，那年被它喷了满身粉红色胃油的窘态，似乎都值得拿来炫耀了。

思及此，我知道自己情绪激动，偏离了科学理性，将大脚过度拟人化了。但无论如何，它确实缔造了短尾信天翁的飞行纪录。我不免庆幸这两天自己着了魔似的追查。另一方面，觉得自己和大脚很有缘，冥冥之中，似乎有什么东西牵连着我们彼此。

啧！足足耗费了我两天宝贵的假期，大脚这家伙，真是！我坐回计算机桌前。那枚橙黄色的大脚环仿佛着了火般耀眼，再次昭告大脚死亡的事实，我心头一揪，不自觉地连叹了几口气，起身推开落地窗，步入阳台。

夏末了，近午的阳光依然炙热刺眼，天空好蓝。这么正点的天空却再也等不到大脚翱翔徜徉。

※

记得飞行教练说过："一个人会飞行跟不会飞行，思维和视野都会有很大的落差。你们鸟类研究者，应该最能明了吧？"

我听到后，苦笑不答。其实，真的很难回答。鸟类研究者要研究的领域相当宽广，生态行为、栖息环境和觅食求偶等，都有专长的人。反而是飞行，还很少有人研究。好像飞行不是鸟类的特长。我的飞行认知，也不是来自鸟类研究者的身份，而是跟着飞行教练学得的。

当一个人熟悉滑翔翼，娴熟这个飞行世界的乐趣时，往往会有更大的野心，试图创造一个奇特的飞行纪录。譬如，最高的飞行高度、溯航最强的上升气流，或者是滑出最长的越野距离。他们不约而同地拥有许多飞行梦想，梦想着突破个人的纪录，或者飞得更高、更快、更远和更久。

为了这些目的，飞行员会在天空愈待愈久。于是，遇

见各种天候的机会就大增了。有时顶着大太阳，晒个半死。有时淋个西北雨，变成落汤鸡。或是一会儿强风，一会儿下雨，或是被热气流带着盘旋，总之，飞行不再平和，而是充满了冒险的乐趣。

但当乐趣形成一个意义，形成一个飞行价值的困惑时，挑战也会不断地出现，永无满足。飞行员会好奇，如果随热气流升到最高点之后，超越一千五百米，接近二千米，能感受到什么？如果不受区域的限制，能够沿中央山脉一路滑翔，像灰面鵟鹰南下，那会是多么美好的梦想！

突然，念头一闪："莫非大脚想尝试着横渡赤道无风带，飞越到南半球？"

哎，我又胡思乱想了。这几天，我一直没回信给田中，可能潜意识里，还不想放弃思索大脚行径的答案。

不过，话说回来，尽管迄今的资料里，从未有短尾信天翁在南半球的记录，但我也并非胡乱臆测的。

有一种栖息于南半球的漂泊信天翁，就拥有飞越赤道的能力。这种全世界羽翼几乎最长的信天翁，主要活动于南极地区，而且早有在南半球的海域环绕地球一周的记录，过去也曾有少数个体，神奇地飞越了赤道的无风带，出现于北太平洋。日本的鸟类图鉴也把它列入了迷鸟。

漂泊信天翁为何不滞留在全世界最广阔的海域，反而游荡到北太平洋，而且飞抵鸟岛附近？这当然是一个令人费解的课题，有趣的是，我后来读及一篇报导，提到考古人类学者在研究早年的化石时，发现北太平洋曾经有漂泊信天翁栖息的记录。

　　可见，漂泊信天翁一度生活在北半球的水域，而非一直待在以海洋为主的南半球。换句话说，在古老的年代，它们便飞越了赤道，由北迁徙至南。

　　相对地，短尾信天翁难道就没有这种可能吗？纵使此次大脚的南行，不是在尝试这种横越的冒险，或许迟早也会有第二只或者第三只短尾信天翁，成功地横渡赤道，出现于南半球，探看那信天翁族群最广阔的家园，而非永远滞留于北太平洋的水域。

　　但赤道如此好横渡吗？当一只短尾信天翁远从约翰斯顿岛南下至圣诞岛时，不只是心理上要承受巨大的孤独和寂寞，更可怕的是天气条件的恶劣。这里的恶劣并非暴风雨，而是无风。恒常的无风。

　　所谓赤道无风带，大抵是赤道附近南北纬五度间。这儿太阳终年近乎直射，地表年平均气温最高，地面气压降低，连上升气流都难以出现。而海面上，海流缓慢，风平浪静。以前西班牙帆船装载马匹至新大陆，到了这里风力突然减弱，前进困难，由于饲料欠缺，只好把马匹抛入海中，这里还被称为马纬度。

靠风力滑翔的海鸟非常不适合栖息此地，尤其是羽翼狭长的信天翁，更是极端困难的障碍，对一些小型海鸟来说，诸如燕鸥，它或许还可以依赖自己的振翅，解决无风的问题。信天翁一遇到这类环境，只有束手无策。大脚如何克服这种困难？是否在等待一场飓风的到来，利用风的差异，完成横渡？

譬如，一场台风的出现。尽管北太平洋的热带台风一般形成于赤道以北五度以上的环境，但气象史上，偏偏偶有发生台风出现在赤道、让赤道南北两地都受到影响的特例。大脚或许也有机会遇到类似的情形。

也有可能是一场热雷雨的到来，就是我们俗称的西北雨在夏天午后出现，因而形成小小的风力。又或者是强烈的东北风寒流南下，带来侵袭到赤道的风，它便可借此快速横越了。以前少数漂泊信天翁越过赤道，相信便是寻找到了这条临时出现于赤道的风之河流，顺势横渡了。

短尾信天翁的少数成员或许也有这个机会，打破禁忌，挑战传统，成为寻找新家园的英雄。它们会是短尾信天翁的麦哲伦或库克船长。

思及此，我知道自己的毛病又犯了，但不可否认，生物族群的演化趋力，有时便仰赖这些冒险者的脱轨举动，拓展出新的可能。

我因而愿意相信，大脚的赤道冒险，其实暗暗地遥应着我们早已所熟悉的达尔文的物竞天择理论。相信未来的时代里，还会有像大脚这样的信天翁出现，经由一代一代的不断尝试，终有一天，短尾信天翁会飞越赤道，甚而抵达南极。

那年飞行教练的离奇死亡，再度于我的脑海中浮现。他的飞行思维里，相信一定也存藏着这样一个飞行的美善企图，当时候到来，他便义无反顾地去执行了。

※

凌晨三点，我把自己搜集的资料以及研判的心得，还有读及李鸣生的日记，完整地告诉了田中。同时，也把脚环发现的过程，向他清楚地交代了。

等近午醒来时，信箱里已有田中的回应了，看来我提供的讯息，给了他一个兴奋的早上。

照雄：

很难相信，它会是大脚以外的任何信天翁。我一边喝咖啡，一边远眺着窗外，真巴不得马上飞到台湾去看看那脚环。

老实说，自从大脚音讯杳无后，我悲观地研判它应在圣诞岛附近丧命了。虽然它曾被渔船捕获，但那儿的条件对信天翁而言，毕竟极为严苛。想不到，大脚最后竟然通过了考验，返回北方！如果能够许愿，我真想祈求上帝让我聆听大脚述说它的冒险之旅。唉！

我也没想到，它竟然落脚彭佳屿！彭佳屿，实在太巧了！难道是老天爷的安排？

对不起，我的情绪似乎太激动了，以至于语无伦次。现在，换我来告诉你一段传奇的往事。

在这之前，容我先补充一个前提，也是我一直没有适当机会说明的事情。当年找你来鸟岛，除了考虑到你有系放多年的经验，其实我心里还有一个很幽微的感情，促使我选择了你。

我想你势必也知道，彭佳屿曾经有短尾信天翁栖息繁殖的记录。后来被渔民大量捕捉，一九三〇年代时才消失的。

大家或许以为信天翁就此无影无踪了，其实不然。太平洋战争前夕，当鸟类研究者确定彭佳屿许久不会再有短尾信天翁回来、宣告绝迹时，未料到，竟有一只意外地在岛上出现了。

它叫流浪者。一只迟回的信天翁。它成为彭佳屿的最后幸存者。当时，在岛上的鸟类专家研判，它可能是一只亚成鸟，在外游荡了六七年甚至更久的时间才回来的，因而超乎了鸟类专家预估的情况。

但当年只有这么一只吗？通常，都是雄鸟先回来，整理或占据地盘，形成一个稳固的领域，等候认识的雌鸟回来，或者是结交新的雌鸟。流浪者出现后，他们又等了好些时日，却不见任何短尾信天翁再现。

确定草原里只有这一只时，他们觉得如此下去，恐非长久之计。另一方面，鸟岛的短尾信天翁族群因长年大肆猎捕，数量骤降濒危。于是，他们异想天开地决定，或许把它送到鸟岛，可让它有机会结交异性，繁衍后代。日后生下的幼鸟，说不定还会飞回彭佳屿繁殖。

有一天，他们便趁夜摸黑，捕捉了流浪者，送到了鸟岛。很幸运，流浪者安然地适应了鸟岛的生活，日后也年年回去，还繁衍了好几只后裔。大脚便是它的后裔。大脚的父母、祖父、曾祖父都是在鸟岛代代繁衍的子孙。

只是，前辈的鸟类研究者或许过于乐观。日后，彭佳屿不再有第二只短尾信天翁出现了，直到你发现了这只脚环。

平安

田中幸二

读完田中的信，我情不自禁热泪夺眶而出。天啊！没想到大脚的祖先竟是来自彭佳屿，这是多么神奇的际遇！我竟和这样一只传奇的信天翁如此相遇。

再想及当年在鸟岛的种种经历，还有田中当时的欲言又止、对大脚的特别关心，我终于都恍然明白了。

大脚有着彭佳屿的血缘，莫非它会飞回，跟这个因素有着密切的关系，或者这只是一个意外呢？我又陷入另一堆困惑里。

短尾信天翁寻找鸟岛之外的新家园定居，这个情形是可能的。鸟岛之外的第二个太平洋孤岛，钓鱼岛的南小岛，如今每年平均有近一百多只栖息于岛上，而且继续在扩增中。

谈到此岛，顺便得先提一下邻近同样隶属于钓鱼岛的另一个小岛，黄尾屿。过去的历史记载，这座小岛也有短尾信天翁栖息。有趣的是，此岛面积和彭佳屿接近，大约一平方公里左右，地理景观和相貌亦近似，拥有宽阔的东南边草原。

南小岛就更小了，不及彭佳屿的一半大，最高海拔在西北边，约一百五十米，两头为海崖的露岩，唯中间一块平坦草原。但短尾信天翁可不在乎岛屿大小，而在乎是否有适合的栖地。

当年第一对尝试在此孵育的短尾信天翁，势必抱持着非凡的冒险心境。其实，那年看到这则新闻时，我的脑海里便浮现过信天翁飞回彭佳屿的灵光。没想到，这灵光真的乍现。大脚的落脚，仿佛提示了另一个生命寻找出路的可能。

大脚的血液里，是否埋藏着曾曾祖父的因子，诱引着它，以本能寻找旧家园呢？天生不需要父母教导，自己就会飞行的信天翁，应该拥有这种能力吧。

  永远的信天翁

和信天翁一样，
大水薙鸟飞行能力强大，
但常不断拍翅，
在海面低空，左右斜飞，
寻找鱼群和软体动物。
一旦发现时，
随即以俯冲的方式下海，
敏捷地捕捉。

当然，我也不得不假设，彭佳屿或许是它最后决定飞返鸟岛时，中途意外邂逅的小岛。当它飞临时，以目测飞行，看到这儿面南的方向也有大斜坡的草原，因而好奇地飞降。

但可别忘了，信天翁不是一般之海鸟或候鸟，说降便降。当它第一次离开家园之后，就绝少再碰触陆地。何况，它是具有强烈家园意识的生物，大部分的信天翁出海多年后，第二次再碰触的陆地，仍是自己少小离家的地点。

假如它会降落彭佳屿，纵使不是家园，纵使不是为了繁殖，这一次的陌生降落，一定也是它生命里最重要的着陆。

更何况，它是只雌鸟。

这或许还有另一个意义，它的降落，并不孤独？说不定，那儿应该已经有一只雄鸟提前抵达，等候它的到来。要不，它如何敢贸然降落？

当年鸟类学者对大脚曾曾祖父的期待，便是一只雌鸟到来的可能性。我的期待，似乎更有可能是已然有了一对。甚至于，在去年十月，说不定大脚飞往赤道时，就有一只雄鸟伴随了。

相信田中一定会赞同我的看法。啊，我真是幸运，能够有机会遇见这只传奇的大鸟。

我兴奋得又跳又叫，紧接着再坐回计算机桌前，继续写信，但这回不是写给田中，而是刘家维。

我从鸟会会员的通讯录里找到了电邮信箱。请他再告诉我，当时捡到脚环的现场状况、是否还有其他遗物，以及确切的位置。在信里，顺便简单地告知，这是一枚短尾信天翁的脚环，我认识的；最近，正从过往的调查记录里追查它生前的下落。

刘家维发现脚环的时间是七月，假如大脚在十月繁殖期时飞抵彭佳屿，然后意外死亡，按理判断，还不到一年，也许不只有脚环，还有其他骨骸吧。

隔天，我便接到他的回函了。

陈先生：

很高兴，我寄去的脚环如此充满意义。

我还记得走进草原前几日，大雨下了好几回，地面冲刷得很厉害，若有什么物体，恐怕都被雨水冲走了。但我想提醒另一件事，更早三个月，天干物燥时，岛上意外地发生一场大火，波及七星山附近的草原，如果那儿还有什么遗骸，恐怕都付之一炬了。这场大火，我们自己研判，可能是某个人吸烟丢弃烟头所导致的结果。

当时，在找到脚环的位置，我记得并无任何其他明显的物品。但也或许我没有那么仔细。若您在那儿，说不定看到的会比我多。脚环的位置在灯塔东南边的草地，但我也不是很确定，当时我站的地方都是芒草和草海桐，有一些烧焦的植物痕迹，并没有明显的地标。

祝
调查顺利

刘家维　敬上

　永远的信天翁

第五章

前往彭佳屿

没过几日，我申请了一个前往彭佳屿的计划，名义是秋天候鸟南下的调查。近年在台湾地区，凡自然生态调查的申请，有关方面通常不太刁难。但同一时间，我却突发奇想，尝试着申请在岛屿周遭飞行滑翔翼，名义是借此研究候鸟的栖息问题。结果，这项计划直到上船前才获准下来。他们在公文里并未用到"飞行"这个字眼。只允准我在海岛周遭一公里范围内"升上天空"。

搭船出海的地方，位于基隆的一处小港口。这艘船每个月来回两次，专门运送岛上灯塔看守员的生活必需品，以及灯塔的维护器材。我携带的行李，除了两个星期左右的食物以及研究装备，还包括滑翔翼的所有器材。另外，还请了一位鸟友志工同行帮忙。这位比我还年轻的志工，听到我讲述了短尾信天翁的故事，更是充满浪漫的幻想，日夜期待着这趟远行。

从基隆到彭佳屿的行程不远，大约三四个小时。秋天的风浪较为汹涌，我很担心再次吐得七荤八素，就像早年前往鸟岛时那样。

谁知，那天竟是晴空万里。蔚蓝天色下，风浪平稳，涌不出一丝水花。多数时间，我逗留在后面的甲板上，观赏海景，顺便赏鸟。

这片海域是一处大渔场，很多渔船在此徘徊，各种海鸟更爱集聚，连鲸豚也不时出没。学生时代，我曾随鸟会的朋友出海，虽然未看到什么特殊海鸟，但多年来，一些鸟友在此的记录相当可观。不少岛上极为罕见的海鸟，这儿反而稀松平常，比如海雀、军舰鸟、水薙鸟和凤头燕鸥等。

温煦的天气，凝视着这片海面，再回想短尾信天翁的历史，心中不免有一丝不切实际的冀望，试图借这个渺茫的机会，看到一只大鸟滑行过海面，甚至以翼尖划出浪花。

尽管这个机缘跟买大乐透一样，中大奖的可能性微乎其微，但我始终未停止观望，直到又有些头昏眼花、差点晕船时，才卸下望远镜，疲惫地在甲板上躺下来，闭目休息。

三年前，报上有一则新闻。一位深澳①的渔夫意外地捉到一只短尾信天翁。那只短尾信天翁大概是尾随渔船觅食，不小心被渔网钩住的，拖上船时已奄奄一息，所幸被鸟友送到动物诊所，抢回一命。

鸟友通知这个消息时，我还特别赶去探望。那只短尾信天翁套有脚环，对照它的脚环编号，是一只早大脚五年的成鸟，来自日本鸟岛。鸟会也通报给田中的信天翁调查中心。后来，等这只短尾信天翁伤愈，鸟友将它送回原来的海域释放，从此即无下文。

除了这只被鸟友视为"迷鸟"的短尾信天翁，其实，更早些年，早在大脚出生前，鸟会就记录了一只，同样被渔船的渔网钩住。捞上岸时，已然溺毙。后来，送到台中自然科学博物馆，制作标本。那时我刚开始赏鸟，不曾见过短尾信天翁，后来听闻这种大鸟的飞行传奇，我还特别跑去科博馆，和它并立，一起拍过照。

晕船了，我才联想到这两则看似无啥关联的记录。但真的是毫无关系吗？

这两则记录其实都清楚告知了，尽管彭佳屿的短尾信

———————
① 台湾地区的一个滨海渔港。

  永远的信天翁

天翁已消失多年，每年秋天，可能还有一些短尾信天翁，在飞返鸟岛或南小岛的路途中，翱翔于周遭的水域。当然，它们更不可能错过这块北面的渔场。

其中，势必有不少只都滑行经过彭佳屿，看到了岛屿上东南方的草原。它们或许不知草原上曾经有成千上万只短尾信天翁栖息过。但在观察草原时，难道不会思考，这里的环境怎么和鸟岛如此相似？难道不会萌生意念，考虑和其他伙伴停降在此？

离彭佳屿东北边约有四五百公里的南小岛，现在为何会有短尾信天翁栖息？当初，可能就是少数短尾信天翁兴起如此冒险的动念，才有今日让人惊喜的结果。

前些时，我读到夏威夷小岛的鸟类讯息。那对产卵的短尾信天翁，虽然没有孵育成功，相信这也是某一两只短尾信天翁生命里具备某种好奇和探险性格，才会有如此的拓殖行为。

基于这种可能的假设，我甚而有了另一番推论。

或许，大脚根本不知道自己的祖先曾经在此落脚，只是它作为一只勇于冒险的信天翁，看到彭佳屿时，萌生了这样的一个尝试念头。

又或者，穿越赤道的企图失败了，让它自我放逐下，邂逅了远在鸟岛以西、南小岛之南的彭佳屿，因而决定了孤独生活，这又何尝不是一种很好的选择？

唉，想太多了。海面平稳，毫无风流，我的晕船却更加严重。

彭佳屿如同鸟岛，是一座火山喷发所形成的岛屿。强烈的海蚀作用，造成东、南、北三侧海岸都是断崖，只有西侧倾斜稍缓。远远眺望时，真像一头大鲸鱼，东边高处如同鲸头，断崖下方岩壁的海蚀洞仿佛眼睛。其实，若从空中鸟瞰，它比较像一个柚子。

岛的西南侧海蚀平台，铺设了一座简单的人工码头，叫前港码头，大船不能停靠。接近时，船必须放下小艇，让接驳人员和物资登陆。有时风浪太大，小船不能下海，只好被迫折返。岛上的物资因而需要有额外的贮备，以防万一无法运补时，作为备用。

船抵达时，海浪不大，水手顺利地放下小艇，让我们轻松上岸。我们扛着笨重的行李装备，从前港码头循山径绕到西边。经过一座土地公庙，合掌敬拜后，直接走到岛中央的气象站。此地过去是火山口的位置。著名的彭佳屿灯塔，就在气象站不远的东北边醒目地伫立着。

彭佳屿多为火山尘屑，在海风四季吹拂下，植物多属草原物种，只有气象站围墙内一小块背风处，伫立着少数几株小乔木。秋天很少花朵开放，一片荒凉景象。

岛上有一种常见的园艺植物，俗称海芙蓉的蕲艾，属于菊科多年生草本植物，喜欢生长在海岸线边缘的岩石上。在台湾本岛不少人拿来当盆景，有人则视其为稀有的名贵药材。

原本以为文殊兰生长不少，接近草原才发现，优势植物果真如刘家维的叙述，放眼望去，都是芒草和草海桐的天下。铁炮百合萎缩到只剩下尖细的叶子，春天时才会盛开。

春天时，相信草原就热闹缤纷了，不仅百合花开，还有其他小花小草。许多北方的候鸟过境，早年的信天翁幼鸟也从这儿起飞，在温煦的南风中、百合花的迎风摇曳下，离开了彭佳屿。

气象站往昔叫测候所，工作人员兼管灯塔。岛的最高点在东边，叫七星山，海拔约一百六十八米，那儿是断崖，很适合信天翁起飞。灯塔看守人共有五名，轮流回台湾休假。他们特别空出一间寝室，提供我和志工借住。名义上，虽是花两个星期的工作日，在此进行鸟类调查，但我的心思，主要还是放在大脚。

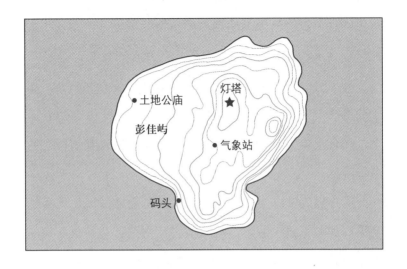

土地公庙

灯塔

彭佳屿

气象站

码头

　　岛上的人都很熟识刘家维这个人，形容他是疯子，大家急着想回老家，他却一有空就在岛上乱逛，研究岛上的动植物。

　　抵达后，隔天随即阴雨连绵，我和志工决定先跟灯塔管理员进行一些口头访问。等天气放晴，再走到这岛屿东南边的草原。

　　跟他们聊天时，我们不免询及短尾信天翁的事，他们都不知道这段历史，只约略听说过以前这里确实有这种海鸟，但真正栖息在哪里，也不甚清楚。

　　"看到过这种海鸟吗？"

　　第二天晚上用过餐，跟灯塔管理员聊天时，我特别取

  永远的信天翁

出短尾信天翁的相片，让他们瞧个仔细。结果，他们给了许多资讯，比如：

"这种鸟很多啊，我们常在岸边看到，不断地在飞行。"有人铁口直言。

"对了，去年，我们还看到过好几只，跟一些海鸥争着海上的食物，"另一个人记忆更清楚，"它们的体形比较大，不断地在捞取食物。"

还有人如此夸大形容："好像有几只长得很像天鹅，不断地拍翅膀，远远就看到它们挥翅，慢慢地滑翔。"

他们的形容都有些偏差，并非信天翁的典型行为。我再试着取出大水薙鸟和白腹鲣鸟的图片，他们也误认为是信天翁，尽兴地描述。如此回答似是而非，着实难以取得可供相信的资讯。没探问几回，我就放弃了。

只有一位资深管理员的描述，约略可采信。他记得，以前还有一两只大鸟降落在东边的草原上，翅膀很大，全身白白的，滞留了两三天。但是否为短尾信天翁，并没有把握。

根据早年一些历史文献的报导描述，加上我在现场比对、勘察，确定了信天翁繁殖的位置，主要在七星山附近、海拔一百五十米左右的草原区，离灯塔还有三四百米之遥。

根据往昔的资料，当时在这儿观察的测候员，对短尾信天翁的描述非常精确，少说有几千只以上的惊人数量。依此推算，现今气象站和七星山之间的东南草原，当年想必都是信天翁的繁殖领域。

第四天后，天气放晴了，我们一早便前往东边海拔最高点。我站在七星山顶远眺，怀想这处昔时曾经有数千只短尾信天翁栖息的草原，不禁有着浓重的感伤。不知去年大脚降落时，会是何种心情？

这是一个比鸟岛更适合短尾信天翁栖息的美丽岛屿，既不会山崩，也不用担心火山爆发。想想看，每年有数千只的信天翁飞回，那遮蔽天空的场面会是何等壮观。而每年春天百合花盛开时，数千只成鸟、亚成鸟和幼鸟由此迎风启航，远赴北太平洋各地旅行，这又是多么绮丽动容的画面！

我们设法走到南边一个断崖处。我以在鸟岛的经验，研判着当年短尾信天翁起飞的方向。走到崖边，看着下方波涛汹涌，听着阵阵怒吼之声，我再次想起了鸟岛的险崖。

海风从下方的崖脚不断涌上来，形成强大的风流。温

  永远的信天翁

煦、丰厚且绵长的风力，像咖啡般香醇美好，让人心神舒畅。我相信，信天翁的祖先们早年会选择这个海岛繁殖，势必也跟这海风的深邃力量相关。

这里只有一百多米高，比我先前纵跳的任何断崖都低了许多，但海风之力量，却远比我过去遭遇到的都深沉强劲。若是驾着滑翔翼，从这儿纵跳而下，相信能轻易地御风而行。说不定，还未跳下，就被海风吹回崖上了。

我不禁闭目享受，想象着纵跳而下的快乐。海风习习，我感受到一股股海风的呼唤，像太平洋远方的波涛。每次的撞击，仿佛都是从很深的海底涌出，才能发出那样致远的叹息。这样汹涌的风力，更让我有一种冲动，想要就此翱翔远方，以及更远，直到天涯。

啊，没想到，我竟拥有这样幸运的机会，将要在此一海域滑翔。

我再次想到了飞行教练。如果他在这里，在这样风流如泉的海崖草原，势必会难以自禁，义无反顾地背负着滑翔翼，以最优雅的姿势，纵情地飞跳而下，而且照样一去不返，滑向天际。

啊，说不定他的前身就是信天翁了。这回再想到他时，竟不自觉地眼眶湿润了。

※

　　隔天早晨，我和志工再次来到海崖上方的草原，这回还扛来了滑翔翼和海上的救难装备。原本，岛上的人好意帮忙，但我担心他们不知状况轻重，宁可两个人工作。

　　志工在整理滑翔翼时，我先在草原里散步，像只幼鸟在飞行前，享受着海风的温煦吹拂。

　　大脚的脚环为何在此出现，它是否有想要延续后代的愿望？我是乐观的。但大脚为何飞到彭佳屿落脚后，就无法再远离了？是否被彭佳屿上的人饲养的土狗咬死，还是体力不济、自然死亡？这些谜题恐怕就难以获得解答了，就好像先前的一些疑问。

　　我只能感叹，大脚不是一只幸运的信天翁，不能像其他祖先那般活到三四十岁。它在成年之前早早离开了世界。

　　虽然大脚留下一堆飞行冒险的疑问，最后再加上这个大问号，但我始终庆幸自己能与它再次交会。

　　是它的脚环，引领我来到彭佳屿。我并没有期望寻找到什么，或者证明什么，只想来看看它最后停驻的家园，想在这儿向它道声再见。只是，当我站在草原，站在大脚

  永远的信天翁

遗留脚环的地点，突然升起一股强大的信念。

信天翁一定会再回来的！我相信，终有一天，彭佳屿将再度成为短尾信天翁的家园。想想看，大脚不正以它的飞行肉身，精彩而坚定地传达了这样的提示？

我再度想起，七年前，那一年的夏天，大脚最后要离开鸟岛时，飞到大斜坡上空，困惑地凝望着我和田中。那离别的一幕，多么迷惘又感伤的场景，从未在我脑海消失过。

同时，我还有一个想望。

假如有一天，短尾信天翁将实施移地保育措施，我希望彭佳屿会是优先考量的地点。我从国际保育通讯机构略知，近年美国和日本的专家正着手研拟相关计划。

基于过去大脚的祖先也曾去过鸟岛；再者，为早年日本猎人盲目地屠杀而承担过失，都让我觉得日本政府应该负起这个道德责任。如此尝试，一来可避免鸟岛火山爆发、喷浆破坏栖地，二则可分担短尾信天翁灭绝的风险。

这是一个跨国界的、维护整个地球生物多样性、绝无政治考量的保育事件。这样一种为过去破坏环境罪行的抱歉，因而承担地球自然保育责任的意识，相信也能为日本政府加分。

更重要的是，彭佳屿是一处多么适合短尾信天翁栖息的家园。

我突然想再写一封诚挚的信，把这几日所见所思，详细地告诉田中。我也恍然更明白了田中在信中提及的幽微的情感。我猜想，过往彭佳屿的信天翁被屠杀历史，恐怕让他充满愧疚感吧！

熟悉信天翁历史、一生都在研究短尾信天翁的田中，应该也曾如此动念吧？届时就不知日本政府是否愿意为过去这一段日本国民无知的行为，诚挚地赎罪。

当然，我还是有一个小小的疑惑。

那年大脚飞降时，之前是否真有一只雄鸟，提前几天飞到彭佳屿呢？我走进七星山下的草原，四处漫游，不免想到这个有趣的问题。也不知是否有机会找到另一只脚环。或者，说不定会看到一只短尾信天翁遗留的残骸。想到此，不免全身亢奋不已，而且充满奇怪的信心。

在这处辽阔的草原，我继续茫然地游荡。想象着周遭都是回来的信天翁，各自忙着梳理、休息。我像大脚那样走进信天翁的群落，享受着最后的春天、飞行前最后的陆地生活。

我慢慢走回滑翔翼前，志工已经备妥。他望着我，知

道我来此的心意，决定帮我完成。我向他报以微笑，感谢他的默默协助。我扛起它，检视所有器材。最后，像只幼鸟，不断梳理羽毛、张翅。我熟练地装妥所有装备。

虽然这是第一次海上的飞行，而且许久未飞了，但我一点也不紧张，反而充满十足的信心。我拉着滑翔翼，慢慢走向海崖。那股海风仍如昨日那般强劲，或许更强。我不得不低伏着，小心地贴近。最后，站上海崖。我盘算着海风的力道，判断风向的起伏，抓住了它的节奏。

就在一道海风即将涌上前时，我三两步纵跳而下，连人带翼迎向半空。当我离地那一刹，海风轻盈地托住我，比我预期的浮力还大，快速地将滑翔翼拉高。我惊奇地发现，自己果真被朝内陆吹去。

我急忙倾斜，让自己往下降，慢慢滑离了海岸。饱胀的三角翼，被风吹得鼓鼓作响。过去在陆地上空飞行，从不曾如此被风强劲地拥抱，畅快地滑翔。以前好像只是在搭乘旋转木马，现在可是搭乘云霄飞车了。

我一边慌忙稳住，继续设法斜切，朝海面下滑；一边也在紧张地盘算着，等一下如何拉高。我顿时想起了短尾信天翁幼鸟们的初航，假如操作不好，我大概也会坠落。信天翁幼鸟落海，还能再起飞，我可一点机会都没有，届时在波涛汹涌的海浪下，难保不被冲打上岩岸。这可是非常危险的状况，我实在不懂，当初有关方面为何贸然答应我的飞行要求，大概里头没人懂得滑翔翼吧！

海风继续斜斜打入，威胁我的滑降。我随即想起了大S型的变动翱翔。我试着拉平，没想到，轻而易举地就和海风衔接了。还未下落，靠着冲力上扬，就已经快速拉高了。我不得不再逼使自己滑下。如此三四回起落，我便完全掌握了。

啊，信天翁的飞行信念，似乎就在那样的情境里，更具体地有了实践机会。海洋飞行竟能如此畅快，我兴奋至极。

紧接着，趁着一股风流，我再快速拉高，试着升空。海拔约百米时，再转圈子，慢慢地绕回彭佳屿上空。这回，我终于有从容的时间，俯瞰下面的岛屿。蔚蓝的海洋里，小岛如一颗绿宝石般璀璨。

我看到，志工跟我挥手，高举大拇指头。岛上十几个人也冲出宿舍，远远地观望着我，向我招手。他们可能都不曾见过滑翔翼，也没想到我真会驾着滑翔翼在天空上滑行吧。

不知他们在下面议论什么，我可没心情去理睬。我又

想到了飞行教练，相信他若看到我在海上翱翔，一定羡慕不已。我转而想到大脚，不知当年它飞抵时，望见彭佳屿的飞行高度，是否跟我一样。

我继续望着下方，看到岛上有人掏出红色的旗子摇动，似乎在催促我快点下降。或许，他们对飞行陌生，见我迟迟未下降，害怕会出事。

我知道若是飞降了，下回想要再起飞，恐怕就没机会了。一辈子就这么一次，我能不把握吗？我不再理会召唤，兀自如风筝、断了线的风筝，继续保持自己想要的高度，享受着盘飞的乐趣。

我想象着，大脚如何在蔚蓝海域中，鸟瞰这草原绮丽的小岛，又如何带着巨大的决心，进行生命里重要的一次滑降。

绕了三四圈，或者更多，我已记不清。总之，经过好一阵，在海风的吹拂中，我累了，也满足了，才跟大脚一样，以最后一次翱翔的情境，怀着飞行教练的期待，还有我可能永远无法理解的飞行魅力，慢慢地，慢慢地，滑入这座小岛的怀抱。

短尾信天翁小贴士

●根据日本研究者的调查，一九九九年六月短尾信天翁的数量约一千只，不到十年，二〇〇八年六月，数量增加一倍，约两千一百只。在保育措施的持续进行下，如无意外，二〇二〇年短尾信天翁的数量应可递增至五千只。

●二〇〇八年三月，美国和日本的专家们首度利用直升机，将十只在鸟岛出生的短尾信天翁雏鸟运送至小笠原群岛的聟岛，一座没有火山活动威胁，且早年短尾信天翁曾经栖息的小岛。专家们推论，雏鸟的地理铭印约在此时产生，从这儿启航的短尾信天翁，几年后将返回出发地繁殖，而非出生地。

●日本东邦大学的长谷川教授（Hiroshi Hasegawa），研究短尾信天翁约三十年，有"信天翁先生"之美誉。东邦大学的网站下设有短尾信天翁的专属网页（http://www.mnc.toho-u.ac.jp/v-lab/ahoudori/index.html），提供丰富的相关讯息。

还我信天翁

要去探访皇家信天翁的繁殖地——泰亚罗亚角（Taiaroa Head），位于新西兰南岛一处岬角，离家乡近半个地球之遥，我却背负着二十世纪初一桩台湾地区自然史悬案的情愫前往。

这种信天翁，是全地球羽翼最长的鸟类，一对翅膀张开时，足足长三米多。

如此庞然的躯体多少意味着，它们是相当笨重的鸟，而且拙于走路。这个不利的条件迫使它们选择了偏远的海洋孤岛，远离人烟和其他可能造成危害的哺乳类动物。

这些孤岛多半具有高耸而险峭的断崖，同时面对辽阔的海洋。海洋多风，笨重的信天翁才能轻易展翅，翱翔于无垠的天际。

可是，我们要去拜访的地点却是一个狭长的半岛。这里是全世界信天翁唯一在内陆繁殖的地方，而且离热闹的达尼丁不过半小时车程，因而显得弥足珍贵。

达尼丁是新西兰第五大城，全世界的观光客大老远跑来，许多人便是专程来看这种身长如小学一年级学童身高的大鸟。

这个半岛一如新西兰的大部分海岸，被羊群啃得只剩荒凉的短草，景观枯竭。根据现有的记录，半岛没入海洋尽头的崖边，大约住了上百只皇家信天翁。

进入皇家信天翁繁殖区前，有一处设备完整的服务中心。除了餐饮，里面几乎都是以信天翁为主的各类工艺品、简介和多媒体展示。游客在观赏信天翁前，多半会在里面观赏皇家信天翁的纪录片，同时购买相关的书籍和工艺品。

在台湾地区，为一种动物专门辟设一个服务中心，我还未见过。但看到它时，不免想起曾文溪口的黑面琵鹭族群，和四草的高跷鸻繁殖区。假如这些地点经过全面调查，谨慎规划保护区，建立类似的生态观光景点并不困难。

服务中心后面，有一条小径，通往繁殖区。繁殖区周遭架设了铁丝网，防止羊群和人群的践踏、干扰。每次观察人数限于十来人，进入一处隐蔽的观鸟小屋，透过玻璃窗，使用望远镜，远远地眺望。

那天气温异常闷热，高达摄氏三十度。一对对皇家信天翁，像慵懒的狗各自占领一处地盘般，蹲伏在暗褐色夹

杂着淡绿色的草丛里。毛茸茸的幼鸟则躲在更阴凉的石头洞穴里。有些阴凉的巢穴是研究人员早先盖好的水泥洞。

观光客来看信天翁，最大的愿望当然是看到皇家信天翁展翅高升。信天翁是汪洋大海上的飞行高手。许多自然画家最喜欢在画布上展现暴风雨的场景，而一道大浪前，正有一只信天翁低低掠过水面，以嬉戏之姿，伸出翅端轻盈地点水而过，无视狂浪之咆哮。

海鸟之优雅、自信无不出于此。不过，这时微风淡淡，信天翁只在巢边懒洋洋地梳理雏鸟和自己的羽毛；偶尔展翅散热，毫无起飞的意愿。

"这样持久下去难道不会饿死吗？"有一位观光者疑惑道。

殊不知，信天翁有能力将猎物储藏在胃里好几天，再反刍出来让雏鸟吃，自己也不会挨饿。所以，一天不飞，对生活毫无影响。它们有一张如老虎钳的利嘴，可以将主食乌贼等猎物轻易地剪成好几段，吞入肚腹。

它们不飞，我正好利用机会，从容地取出纸和画笔，就着窗口，进行简单的素描，并且仔细地观察它们庞大的躯体和每个部位的特色。

对皇家信天翁来说，陆地只是过境的地方，海洋才是真正的觅食场。它们几乎整年都在海上度过。只有两年一次的繁殖期才降落陆地，意即每两年生一次小孩。所以，明年回来的信天翁就不是同一批了。多数的鸟类却是每年固定回到家园繁殖，少则一胎，常见的甚至有二三胎。

看到我这个"黄种人"透过望远镜头，努力地描绘信天翁，解说员对游客解说得更加卖力了。这里的皇家信天翁最迷人的事迹，并不是它们与生俱来就在这里定居，而是在一九一〇年代时，才抵达泰亚罗亚角。到了一九二〇年代产下第一个蛋，但没有孵育成功。后来，一个新西兰的生态团体和鸟类专家努力合作，在一九三七年时，第一只小信天翁顺利出生。此后，在长期的记录、观察以及保育下，现今这里已有一百多只信天翁的傲人成果。

当地的解说员又跟我们解释，今年大概是厄尔尼诺年，天气反常、干燥得很，回来繁殖的皇家信天翁比较少，只有七十一只。

皇家信天翁是全世界最长寿的鸟类之一，平均可以活到三四十岁。其中有一只叫"祖母"的，就在我们眼前，已经有六十岁高龄了。

皇家信天翁为什么选择新西兰附近的岛屿居住？解说员提醒我们放弃既有的地理中心概念，转而站在新西兰的位置，观看整个地球。原来，这儿再往南，除了南极，就没有什么岛屿了。

这儿除了海，还是海。皇家信天翁栖息之地便是这个环绕南极洲外围的环境。纬度在三十度至七十度之间，只有接近南极时，才有零星的小岛和浮冰。海洋是信天翁的草原，太小的海洋，信天翁兴趣缺乏。这也难怪地球上的十四种信天翁里，多半都集中在附近，北半球的太平洋则只有三种栖息。

北半球的信天翁里，体形最大、最具知名度，且曾经为数众多的，莫过于短尾信天翁。可悲的是，它的名气来自于二十世纪初被集体屠杀的凄惨历史，而非绝妙的飞行。

它曾经是台湾地区相当重要的夏候鸟。但时过境迁，连一般赏鸟人几乎都已忘记它的存在。甚至鸟类图鉴也把它列为稀有的迷鸟，好几年才勉强发现一只。

所谓夏候鸟，就是每年春夏时回到台湾繁殖的鸟类，像我们熟悉的家燕和牛背鹭都是。短尾信天翁亦然。百年前，甚至更早以前，远在我们还懵懂无知时，它们显然有一固定的习性，秋天时回到台湾北方三岛的彭佳屿，在那里孵育下一代。其他时间则在广阔的海域漂泊，一如皇家信天翁。

再根据世界鸟类的分布，短尾信天翁栖息的范围主要在北太平洋，繁殖区则在日本南方，目前只有在日本的鸟岛有繁殖。从信天翁的角度，鸟岛离彭佳屿不过咫尺之隔。它们合该都是这种鸟类面对太平洋时，系列繁殖的岛屿。

以《感官之旅》《鲸背月色》享誉欧美文坛的戴安·艾克曼，在其作品《稀世之珍》中曾经记述自己前往鸟岛观赏短尾信天翁。她讲了许多信天翁的自然志和屠杀的历史，偏偏独漏了中国台湾。

所幸，有关这种珍贵鸟种的早期文献，台湾地区自己还有收藏，足以有力地证明过往它们的大量存在。最早的一份还是日本著名的历史学者伊能嘉矩撰写的旅行报告——《彭佳屿调查报告书》。一九〇一年，前往彭佳屿后，他在报告里提到："此次调查团一行在逗留中，亦曾在近岸六百米左右之海上看见两头鲸鱼。鸟类中最显著者为北太平洋之特产短尾信天翁，主要栖息于十一月左右至次年五月前后，差不多半年余之间，在岛中丘原择数处洼地做根据地，造土堆产卵。孵化后则数十乃至百余成群集合……"

根据他的描述，比对现今的地图，应该是现今彭佳屿灯塔附近，四五月时台湾野百合花盛开的草原。报告末尾，伊能嘉矩还"积极地"提供了如何利用其经济价值的建议：

"……陆上之主要企业为采集信天翁之羽毛。其羽毛在欧洲当作妆饰品之材料，或供为寝具之内容，是有价值的海外出口品之一。现据租用本岛土地申请人之计划，光是本岛一年即可获得五千斤。原来该岛羽毛之采集，系其为生蛋而飞来本岛后，等待其孵化时获取之。此次调查本岛时，其盛期已过，因此虽难知其实数，但从其栖居的痕迹见之，则前记的估计似无多大之相差……"

同一时期，另一位日本鸟类学者榎木佳树搭船经过时，也看到过短尾信天翁，但他很担心。没隔几年，他再搭船经过，那儿已建立灯塔，还住了一群人。那时信天翁还在。等半甲子过去，太平洋战争结束后，当地政府派学者陈正祥前往勘查地理时，只记录了两千多只山羊，未再目睹信天翁。到底短尾信天翁是何时消失的呢？

后来，我终于找到了明确的资料。一位气象工作人员周明德，在第二次世界大战末期（1944年）时，曾经前往彭佳屿工作。他虽未见过信天翁，却从一个日本的资深测候员口中，获得不少关于短尾信天翁的宝贵讯息，相信是目前有关短尾信天翁最丰富而完整的资料：

"彭佳屿的最高峰位于东部，被称为'七星山'，全是一百米以上的断崖，是信天翁的最好起飞处。又因此岛没有侵袭其卵或雏的野生动物，故繁殖顺利。乃是台湾地区信天翁的最理想的繁殖地方。

"信天翁为产卵，自十月上旬飞来七星山一带筑巢于地上。大约十月下旬开始产卵，翌年四月下旬，老鸟悉行飞离，开始漫长的候鸟旅行。小鸟有时等到次月中旬才完全飞离。彭佳屿灯塔建立之初，每年十月均有成千上万只信天翁飞来七星山一带繁殖，一九二〇年代其数逐渐减少，一九三〇年代开始锐减。不到五年即一九三五年左右，信天翁竟然绝迹了。"（发表于《台湾风物》四十四卷第一期）

周明德虽提到了消失的时间，但短尾信天翁在彭佳屿迅速消失的原因，并未提及。

一般说来灭绝的理由，只有两种可能，一种是羊群的大量放牧；另一种是为了获取鸟羽的屠杀，例如早年的新西兰毛利人和殖民者欧洲人对待皇家信天翁的方式。

根据史料，我们相信，短尾信天翁的灭绝主要是源自日本人从事的羽毛商业交易。这项取自短尾信天翁的利益，发生在十九世纪末和二十世纪初，当时日本渔民在多处小岛大肆捕捉，以其羽毛赚取外汇。根据过去的调查，自一八八七至一九〇二年，短短十五年间，全世界已有五百万只信天翁遭受杀戮。它们的白色胸羽被用来做绒毛的布料、被单和枕头，黑色飞羽则被用来当笔和女帽的材料。

彭佳屿在随后的岁月也被视为重要的取羽毛的岛屿，或者受到连锁性的生态影响。这是短尾信天翁在一九三五年后无法看见的主因。

有一阵子，大家还以为短尾信天翁灭绝了。所幸，战后又在日本鸟岛发现了十来只。日本政府在那里开始努力地重建栖息地，恢复草原的环境，让它们生存下去。根据最新的资料，现在短尾信天翁大约有上千只、三百多对。有一阵子，少数短尾信天翁还在附近的其他小岛生活过。

在半岛观察结束后，我随着一群日本和中国台湾地区的观光客搭乘游艇出海。日本团的导游非常尽责，还准备了许多望远镜，让每一位观光客都能挂上。他骄傲地用日文强调："不要急，看不到没关系，我们也有这种大鸟。"

游艇沿着绮丽的半岛海湾巡行，不时地穿过成千上万的海鸟群，里面有鸬鹚、黑背鸥、蛎鸻、红嘴鸥和蓝企鹅等稀奇的新西兰鸟种。

但是，大家依旧把目光集中在危崖上，希望皇家信天翁起飞，在蔚蓝的天空，展开宽厚的翅膀梭巡。

有一位台湾游客在旁边不耐烦地说道："这一生就这一次，好不容易才从台湾跑来这里，也不赏个光？"

听到他无奈的怨言，我难免感叹。我们曾经也拥有过，应该在自己的海上就能看到的，没想到今天竟千里迢迢来此巴望。

彭佳屿上的短尾信天翁从发现到消失，都是在日本人殖民统治时期。这是当时统治者不了解岛屿生态的结果。从自然志和文献，或从道义责任，我们或可商请日本政府，从保育中的鸟岛，送还适量的短尾信天翁，扩大并增加它们的生存机会。

相对地，我们也应该积极规划彭佳屿为自然保护区，恢复短尾信天翁生存的环境，试着让它们重新回到野百合盛开的草原。

二〇〇〇年十二月

信天翁与龟山岛

前往龟山岛观光的游艇，按往例会先沿着岛屿环绕一周，好让游客尽兴地瞧个究竟。

那天当游艇循过去的航线，缓缓挨近龟颈时，船上的游客多半争着目睹海崖下那奇特的海上硫黄景观。我却被海崖上大块绮丽的草原斜坡所吸引。那开阔碧绿的鲜明景观，突然间，让我想起了未曾谋面的短尾信天翁。

此种大型海鸟目前全世界仅剩千余只。过去，曾经有数百万只活动于北太平洋的海域，且繁殖于多处偏远的小岛屿。彭佳屿百年前就有成千上万只繁殖的记录。据说更早时，连澎湖列岛的某一孤寂小岛也有繁殖。

一九〇一年日本历史学者伊能嘉矩走访彭佳屿后，还建议"台湾总督府"派人到此捕杀，拔取羽毛作为经济产业。后来，此岛遂有日本人定期去猎捕，一九三〇年代灯塔修复后，岛上的短尾信天翁也告灭绝。其消失过程，一如其他岛屿的滥捕。

除了怀念，远眺这块草原时，我不免思索起短尾信天翁在岛屿繁殖的条件。偏远的离岛、高耸的海崖、斜坡的草原，以及强大的海风气流，这些严苛的条件，不仅彭佳屿具备，龟山岛的龟颈似乎也都拥有了。因而，我很乐于相信，或许，曾有短尾信天翁族群考虑在这块草原上繁殖。

再者，龟山岛过往虽有近百户住民，但多屯居于龟尾，不常抵达此地。对照彭佳屿吧，早年亦有几十户汉人渔民落脚，并未影响信天翁的生存。更何况，汉人住民来此定居的年代，约莫在十九世纪中叶。说不定更早时，它们便在此栖息了。

现今短尾信天翁在地球上唯二栖息的两处岛屿，其中之一，位于鸟岛，有将近二千只，离台湾地区海域或较远；但另一小岛，在钓鱼岛最南方，便接近了，如今也有近百只栖息。短尾信天翁善于千里翱翔，在此一北太平洋海域来回梭巡，难免会经过龟山岛，望见龟山岛草原的辽阔存在。

我不免浪漫地揣想，纵使过去没有吧，说不定日后真会有短尾信天翁飞来栖息的可能。未来，我们或许还可考虑，在草原上放置几只相似的木制诱鸟，吸引其降落。

我另外一个较为乐观的原因，在于岛上缺乏猫狗等大型肉食性动物，更无其他会掠食、攻击它们的海鸟。尽管汉人居民居住在此的时间，曾经有短暂的山羊之饲养，以及放养野兔之计划，唯目前皆无此二种动物的活动带来的环境干扰。对短尾信天翁而言，当日后族群繁衍、想要恢复昔时族群的壮盛时，龟山岛明显地提供了相当有利的时空环境。

　　我反而对彭佳屿的环境比较悲观。一来彭佳屿昔时信天翁栖息的东南草原，如今兴建了停机坪、雷达通讯站等水泥设施，草原的开阔减少，加上灯塔等建筑物的长期存在，相信都会让信天翁望而却步。

　　不过，若严格挑剔，龟山岛还是有其不利之处，比如离台湾本岛太近，其孤悬于外海的位置，还不够隐僻。再者，一般认知里，短尾信天翁偏爱坐北朝南的斜坡草原。冬末，在陆地筑巢时，它们可借此方位，避开东北风的吹袭。半年后，转而再利用温煦的南风，飞离岛屿。但龟颈两头空间都开敞，任何方位的海风似乎都可轻易灌进，并不利于信天翁在陆地上的繁殖行为。

　　上抵龟山岛后，我曾沿北岸步道，试图走访龟颈的环境，只可惜限于时间，中途便仓促折返。但沿着这条昔时农耕的古道绕行，看到过去住民屯垦的田地，感想又更复杂了。

一般认知里，龟山岛的住民以捕鱼为生。此地汉人生活虽贫苦，却几乎天天有鱼吃。只是在食物的供给上，难免需要蔬果补充。一些生活和渔船器具的消耗，更需要陆地资源的供给。于是，早年当岛上的男人出海捕鱼时，妇人和孩童还是得到山里捡柴、耕作。

虽是一般认知的副业，但他们和山林间的互动，其实远比我们想象的密切。光是看着昔时窳陋住宅所需的建筑

海崖、斜坡、海风，龟颈具备信天翁繁殖的地理条件。（朱惠菁 摄影）

材料，比如芒草、竹枝和木头，还有每天烧煮的枯枝、薪柴，等等，我们便知那等生活里，没有山林的资源，这个孤岛的渔村生活其实是难以长期绵延的。

反之，他们也得不断地跟山林争地，在陡峭的山区，寻找适合耕作的地点。这种平坦的小耕作地，在龟尾其实是不容易获得的。龟尾的一些菜畦，还有冷泉山脚的一些番石榴果树，透露了龟尾缺乏耕作面积的事实。

一九〇四年《台湾堡图》里的龟山岛，画有一条山径，从龟尾沿北岸通到龟颈，显见那时此路已经畅通。因而当男人搭船出海捕鱼，或者到台湾本岛交易物品时，不少妇人必须离开村子，走一段距离不算近的山路，到西北边的高地或者龟颈地带，从事耕作，种植地瓜、花生、萝卜和蒜头等，或者栽植一些较耐干旱的蔬果，诸如现今残存的红凤菜之类，抑或是摘食倒壁莲等野菜，发展出盐渍的食用方法。

他们跟信天翁一样，尽管依赖大海获得主要食物，还是需要陆地的少数资源作为生活的依靠。远眺着龟颈，想及渔民对岛屿的仰赖，我不免再联想起海鸟对岛屿的寄托。

缘于此，我不禁又研判，远在这条山径出现前，纵使不曾有信天翁，相信白腹鲣鸟等大型海鸟，也有可能在此偏远之地落户吧，只是我们的踏查为时晚了。

我如此大胆想象龟颈之过去，胡诌一二可能，更借此推测未来的自然蓝图，还盼熟谙者包容了。

二〇〇七年十一月八日

后　记

　　三十年前，刚开始在野外赏鸟时，我因为迷恋飞行，注意到短尾信天翁的滑翔特质，把它们视为充满传奇而神秘的鸟种。

　　那时手里使用的，是一本甫出版的《台湾鸟类彩色图鉴》(1980 年)，里面提到一九二〇年代时，短尾信天翁在澎湖的猫屿和白沙岛繁殖，如今却相当稀少。我读到这篇资料时，不免困惑，既然繁殖，又何来稀少的记录？

作者在科博馆偶然遇见制成标本的短尾信天翁。（刘克襄　提供）

这个不解，在心头始终悬挂着，因而对短尾信天翁的任何讯息，都会产生莫大的好奇。只是，多年下来，除了一两则别人在外海的观测记录，自己在野外的旅行里，却始终未曾亲眼看见。

但我的运气不差，日后，钻研地方自然志时，意外地发现了不少短尾信天翁的相关史料。尤其是台湾地区北方三岛的一些报导探查，让我对此一海域短尾信天翁的活动，有了更清楚的认识。

未几，我有机会前往新西兰南岛，走访皇家信天翁繁殖的岬角。亲眼看到它们的容貌、滑翔和繁殖场域，不免让我对大鸟的飞行产生更强烈的想象和憧憬。

有一回，我到台中自然科学博物馆寻找某种大鸟的巢位时，很巧合地，竟在置放标本的地下室，发现了一个短尾信天翁的标本。此后，我便经常思索日后短尾信天翁在台湾繁殖的可能，更加积极搜集它们在北太平洋栖息与活动的资讯。

日后，走访北方三岛，或者到龟山岛旅行时，我都不免思及短尾信天翁。想象着这种海洋的漂泊者，是否有可能回到台湾周遭的离岛繁殖。

这部小说缘自这样长年的追查和探索，逐渐积累而成。我也借由小说，陈述自己的飞行理念，并向早年消失于台湾的短尾信天翁致意，进而期待它们有朝一日的归来。

这部小说的完成，首先得感谢内人的鼎力协助，帮助我查证、追探，解决诸多短尾信天翁行为的困惑。我也在此向长年前往鸟岛研究的长谷川教授（Hiroshi Hasegawa）致以最大的敬意，感谢他的慨然允诺，提供诸多短尾信天翁的彩照，增添了这本小说内容的丰厚。同时，特别感谢居中联系的谷泽先生（Shigeo Yazawa），由于他的热心协助，付梓前方能顺利取得这些精彩的照片。通过完成这部小说，我也逐步了解了这种大洋栖息者的习性，认识了地球上一个远方的孤独小岛，以及岛上工作人员长期观察短尾信天翁的毅力和决心。

我因短尾信天翁，认识了另一个地球。